AF140163

Heimat

heimatlos

heimatsuchend

heimatfremd

Zukunft

zukunftsängstlich

zukunftsscheu

zukunftsträchtig

Hoffnung

hoffnungsträumend

hoffnungswagend

hoffnungstragend

1

Herstellung und Verlag:
BoD - Books on Demand, Norderstedt
ISBN 978-3-7392-0575-5

weihnachts-
kinderstark

Fremdes vertraut machen,

gemeinsam lachen,

ein Feuer der Freundschaft

entfachen.

Kraftvoll und doch kinderleicht

es Herz und Geist erreicht.

Kerzen für das Christkind

Miles Eltern kamen von Serbien nach Österreich, weil sie das dortige Regime nicht guthießen. Mile wuchs orthodox auf. Karl-Heinz war seit einem halben Jahr hier, kam aus Deutschland und war evangelisch. Gülistans Eltern kamen aus der Türkei. Sie selbst war hier geboren worden und unterschied sich von den anderen Kindern nur dadurch, dass sie in der islamischen Religion unterrichtet wurde. Anna war von hier und katholisch. Anna kannte Gülistan bereits vom Kindergarten her und hatte sich gleich mit ihr angefreundet. Sie zeigte sich schon früh von anderen Kulturen fasziniert. Mit Mile und Karl-Heinz, den sie Heinzi nannte, hatte Anna ebenfalls sofort Freundschaft geschlossen.

Sie alle gingen seit September in die vierte

Klasse, verstanden sich gut und lernten öfters zusammen.

Jetzt stand Weihnachten vor der Tür, und da jeder eine andere Konfession hatte, wurde heiß diskutiert.

„Wir drei", erklärte Anna, „haben eigentlich den gleichen Glauben. Wir sind alle Christen. Nur Gülistan hat einen anderen Glauben."

Wie gesagt, Anna interessierte sich schon immer für das, was anders war, erkundigte sich über alles, gab ihr Wissen gern weiter und wirkte dadurch oftmals etwas altklug – oder auch etwas mehr.

„Ja, und sie darf kein Weihnachten feiern", meinte Heinzi und blickte Gülistan mitleidsvoll an.

Diese antwortete jedoch: „Aber dafür hatten wir letzten Monat den kleinen Bairam."

„Was ist das?" Mile wollte es genauer wissen.

„Der kleine Bairam beendet als 'Fest des Fastenbrechens' den Fastenmonat Ramadan. Man schenkt sich Süßigkeiten, deshalb heißt es auch Zuckerfest." Das war natürlich Anna. Als langjährige Freundin von Gülistan war sie öfters zu diesem Fest eingeladen worden.

„Ja und da bei uns nach Mondmonaten gerechnet wird, ist es jedes Jahr zu einer anderen Zeit und es dauert drei Tage", erklärte Gülistan stolz.

„Wir feiern den Heiligen Abend erst am 6. Jänner", sagte Mile.

„Ja, aber sonst feiert ihr wie wir. Überhaupt haben wir katholische Christen mit den orthodoxen am meisten gemeinsam, mehr als mit den evangelischen." Anna wusste selbstverständlich gleichfalls hier genauestens Bescheid.

„Fast", entgegnete Mile. „Wir haben vor der Kirche einen Blätterbaum, von dem jeder ein Ästchen abbrechen darf und am 7. gibt's zu Hause Spanferkel." Mile leckte sich bei dem Gedanken die Lippen.

„Wir feiern Weihnachten auch wie ihr." Heinzi glaubte, sich verteidigen zu müssen.

„Aber die Messfeier gestaltet ihr ein bisschen anders." Anna wusste einfach alles besser. Überhaupt führte sie wieder das große Wort.

„Ich habe viel gelesen und mir ist aufgefallen, dass es im Stall, in dem Jesus geboren wurde, dunkel gewesen sein muss."

„Das glaub' ich nicht", erwiderte Mile, „da waren ja der Komet und viele Sterne und haben alles erleuchtet."

„Ja, aber die haben draußen geleuchtet."

„Es war ein besonderes Licht und so kräftig, dass es bis in den Stall hineindrang."

„Trotzdem." Anna schüttelte den Kopf. Sie redete und redete und überzeugte schließlich die anderen, dass es im Stall dunkel gewesen sein musste. Und dann malten sie sich aus, wie das wäre, wenn sie die Möglichkeit hätten, dem Jesuskind ein Kerze zu bringen.

„Ich könnte da nicht mit", meinte Gülistan.

„Wieso nicht, ihr glaubt doch an Jesus?", fragte Anna.

„Ja, aber nicht als Sohn Gottes, sondern als Prophet."

Für Anna stellte dies kein Problem dar. „Ist doch egal. Dann schenkst du eben dem Propheten eine Kerze."

Das leuchtete Gülistan ein. Für Kinder, die keine Vorurteile hegten, war eben alles einfach und sie fanden immer einen Weg.

„Ich habe gehört, dass es vielleicht eine Höhle und kein Stall war", warf nun Heinzi ein.

„Habe ich ebenso gehört", antwortete die kluge Anna, „aber ich glaube es nicht so recht und wenn es doch stimmt, dann bringen wir die Kerze eben in die Höhle – da muss es ja sowieso noch viel dunkler gewesen sein, durch Stein dringt sicher kein Licht."

So redeten sie noch eine Weile hin und her und ließen ihrer Fantasie freien Lauf. Und da in der Heiligen Nacht Wunder wahr werden, geschah es: Die Kinder gingen zusammen zur Kindermette. Mile, nachdem er den Eltern versprochen hatte, mit ihnen am 6. Jänner in der Landeshauptstadt zur Messe zu gehen. Heinzi, der seinen Eltern beteuern musste, sich nicht allzu viel von den Katholiken anzueignen. Gülistan hatte ihre Eltern lieber erst gar nicht gefragt. In der Manteltasche hatte jeder eine kleine Kerze mit, die wollten sie dem Jesuskind nach der Messfeier in die

Krippe, die in der Kirche aufgestellt war, legen, um zumindest symbolisch ein Licht zu bringen. Natürlich würden sie die Kerzen in der Krippe nicht anzünden, das war zu gefährlich, obwohl Anna trotzdem – nur zur Sicherheit, falls es doch irgendwie möglich sein sollte – Zündhölzer mitgebracht hatte. Doch der große Krippenberg mit Stall, der Heiligen Familie, den Hirten und allem Drum und Dran war hinter einer Absperrung und sie getrauten sich nicht, drüberzugreifen und die Kerzen dazuzulegen. Und wie sie noch so schauten und überlegten, standen sie plötzlich vor einem ärmlich gekleideten Mann, der neben einer sitzenden Frau mit einem Baby auf dem Schoß stand. Die Kinder standen mit offenen Mündern da, als sie merkten, wo sie da waren.

„Wie ist das möglich?", flüsterte Heinzi.

„Ist doch egal, Hauptsache, es ist so", antwortete Anna, die sich als Erste wieder gefasst hatte.

„Weil wir es fest gewünscht haben", sagte Mile. Nur Gülistan meinte nichts dazu, sie kam aus dem Staunen nicht heraus. Erst als das Baby die vier Kinder anlächelte und gluckste, da erinnerten sie sich, warum sie hier waren, holten ihre Kerzen aus den Taschen, entfachten sie und stellten sie vor das Jesuskind hin. Als dies geschehen war, fanden sie sich auf einmal in der Kirche wieder. Sie griffen in die Taschen, um sich zu vergewissern, dass dies nicht nur ein Traum gewesen war. Die Kerzen waren weg.

„Ich ... ich muss es meinen Eltern erzählen." Gülistan hatte ihre Sprache wiedergefunden, „das war wirklich ein Wunder und ich durfte es auch erleben."

„Ja, denn es gibt nur einen Gott für uns alle und vor ihm sind wir alle gleich." Wie gesagt, Anna gab sich manchmal etwas altklug. Oder auch etwas mehr.

Überwältigt von ihrem Erlebnis gingen die Kinder schweigend nach Hause. Nur, ob es ein Stall oder eine Höhle gewesen war, darauf hatte keiner geachtet.

Kerzenschein

lichterhell

Das Mädchen an der Straßenecke

Schneeflocken fielen dicht und bedeckten die Straßen der Altstadt. Weihnachtsmusik klang aus den festlich geschmückten Geschäften. Menschen mit vollgepackten Taschen liefen emsig auf und ab. Weihnachtsmänner verteilten Süßigkeiten an Kinder.

Das kleine Mädchen saß an einer Straßenecke und zog das dünne Jäckchen noch enger an sich. Doch es wurde nicht wärmer. Sie verschränkte die Arme vor sich und grub die Hände unter die Achseln, damit sie ihr nicht abfroren.

Carina und Markus gingen die Straße entlang und besahen sich die Auslagen mit Spielwaren.

„Also, ich wünsche mir heuer zu Weihnachten einen Computer", erzählte der elfjährige Markus.

„Mit Kinderkram brauchen die mir gar nicht kommen."

„Haben deine Eltern so viel Geld?", fragte Carina, nur ein Jahr jünger als Markus.

„Och ... `s gibt ja Computer in verschiedenen Preisklassen."

„Ja, so ein Computer wär' schon was. Aber den brauch' ich mir gar nicht wünschen. Ich brauche nämlich heuer neue Ski und Skischuhe. Meine Mama hat gesagt, das wär' schon teuer genug."

„Ach, das bekomm' ich sowieso, brauchen wir ja schon von der Schule aus."

„Hey, schau, die tolle Manga-Puppe. Ob ich's doch versuche und mir noch was wünsche?"

So schauend und überlegend gingen sie also dahin, bis Markus beinah' über das kleine Mädchen gestolpert wäre. „Wer ist denn die da? Hockt da so rum, dass man drüber fliegt."

„He du, was hockst du da mitten auf der Straße?!", fuhr er sie an und stupste sie kurz mit dem Fuß.

„Lass sie doch ...", sagte Carina und versuchte, Markus weiterzuziehen.

„Nein, ich will jetzt wissen, was die da tut."

„Schau da, der Zettel." Carina bückte sich und sah, was auf dem Zettel stand, den das Mädchen in der Hand hielt. Markus tat es ihr gleich.

„Bin arm. Meine Mutter krank und kein Geld. Bitte helfen."

„Die will wohl Geld", entfuhr es Markus.

„Na, wenn sie doch so arm ist", antwortete Carina.

„Glaub ich nicht. Würdest du dich das trauen?"

„He", sagte Markus und stupste sie mit dem Finger kurz an, „bist du wirklich so arm oder willst du nur absahnen?"

Das Mädchen antwortete nichts, sondern verschränkte die Arme nur noch fester um ihren Körper.

„Der ist kalt", meinte Carina.

„Warum antwortet sie mir nicht?"

„Vielleicht versteht sie dich nicht."

„Pflanzen will die mich. Gehen wir weiter."

Carina zögerte, dann legte sie dem Mädchen schnell zwei Euro in den Schoß.

„Spinnst du?", war Markus' Kommentar dazu.

Carina und Markus bogen in eine andere Straße ab, besahen sich noch einige Schaufenster und gingen danach nach Hause. Sie wohnten beide im selben Wohnblock, die Wohnungen ihrer Familien lagen sogar nebeneinander. Deshalb waren sie ja so gute Freunde.

Als Carina am nächsten Morgen aufwachte, war plötzlich das Mädchen wieder in ihrem Kopf. Auch in der Schule musste sie an sie denken. In der Pause erzählte sie dies Markus.

„Du, mir geht dieses Mädchen überhaupt nicht mehr aus dem Kopf."

„Welches Mädchen?"

„Na, die an der Straßenecke."

„Ach die ..."

„Meinst du ... sie sitzt heut' wieder dort?"

„Pff ...", machte Markus und zuckte die Schultern.

Aber er ging dann doch mit, als Carina ihn am Nachmittag – nach den Hausaufgaben – abholte.

Und sie saß wiederum da. Am gleichen Platz, in der gleichen dünnen Jacke.

„Du, sie tut mir so leid. Sie muss doch schrecklich frieren ... das ist doch schlimm", flüsterte Carina Markus zu.

„Was hockt sie denn auch da herum ..."

„Könnten wir ihr nicht helfen?"

„Wie denn ...?"

„Weiß nicht."

„Eben."

„Vielleicht sollten wir unsere Eltern fragen?"

Markus zuckte abermals nur die Schultern.

Beim Abendessen setzte Carina ihre Idee in die Tat um und erzählte ihren Eltern von dem Mädchen. Die überlegten erst eine Weile, dann entschlossen sie sich, Markus' Eltern auf einen Kaffee rüberzuholen und mit ihnen zu sprechen. Markus hatte noch nichts erzählt.

„Also, ich würde da vorsichtig sein", meinte Markus' Vater. „Es gibt da richtig organisierte Verbrecherringe. Erwachsene schicken Kinder zum Betteln, die erregen nämlich am meisten

Mitleid. Am Abend müssen sie dann alles abgeben."

„Wer schickt die Kinder? Ihre eigenen Eltern?", fragte Carinas Vater.

„Nein. Bandenführer, Bosse oder wie immer sie genannt werden. Die suchen sich Kinder, die keine Eltern mehr haben, Straßenkinder oder Ausreißer. Erst tun sie so, als böten sie ihnen ein Zuhause an. Tja und kaum haben die Kinder ein bisschen Vertrauen gefasst, dann schicken sie sie zum Betteln. Dafür bekommen sie Essen und einen Schlafplatz, mehr wahrscheinlich sowieso nicht. Ich habe davon mal was im Fernsehen gesehen", führte Carinas Mutter das Wort fort.

„Es gibt aber außerdem ganze Familien, die in so einem, sagen wir mal Ring, dabei sind. Aus Armut", fügte Markus' Vater noch an.

„Eine dünne Jäcke ...", sagte da Carina leise.

„Was?", fragten alle zusammen.

„Ja, sie hat eine viel zu dünne Jacke an. Bei der Kälte ...“

Beide Elternpaare sahen sich betroffen an.

Als Carina am nächsten Tag von der Schule heimkam, fragte ihre Mutter: „Sag mal, wie alt ist denn das Mädchen und wie groß?“

„Weiß nicht. Sitzt ja immer. Schätze sie ein bisschen jünger als mich.“

„Na, dann passt ihr der vielleicht.“

Sie hielt Carina einen Mantel hin, aus dem sie schon rausgewachsen war.

„Den hast du nur einen Winter getragen. Ist noch gut erhalten.“

„Und warm“, ergänzte Carina und hatte es plötzlich eilig, zu essen und dann zu dem Mädchen zu gehen. Ausnahmsweise vor den Hausaufgaben.

„Hier, probier mal." Carina hielt dem Mädchen den Mantel hin. Das Mädchen blickte verwundert und zugleich ängstlich auf. „Ist wirklich für dich, wenn er passt. Ein Geschenk."

Zaghaft stand das Mädchen auf und griff nach dem Mantel. Carina half ihr hinein. Er passte. Das heißt, mit ein paar Kilo mehr würde er noch besser passen. Die Augen des Mädchens leuchteten plötzlich. Doch dann sah sie Carina fragend an.

„Ja doch, ja. Du darfst ihn behalten."

Das Mädchen ließ den Mantel gleich an und setzte sich wieder.

„Wo wohnst du eigentlich?", fragte Carina. Sie erhielt keine Antwort.

„Wirst du ... wirst du gezwungen, hier zu sitzen?"

Das Mädchen schüttelte heftig verneinend den

Kopf. Na, wenigstens versteht sie mich, dachte Carina. Aber soviel sie noch fragte, sie brachte nichts mehr aus dem Mädchen heraus.

„Wir schleichen ihr einfach nach", schlug Markus vor, als Carina ihm alles erzählte. Carina war einverstanden. Sie blieben etwas entfernt von dem Mädchen stehen und taten, als sähen sie sich die Auslagen an. Als die Geschäfte alle geschlossen hatten und die Straßen langsam leerer wurden, stand das Mädchen auf und ging davon. Carina und Markus folgten ihr, achteten aber darauf, dass sie genug Abstand hatten, um nicht von ihr gesehen zu werden.

Sie mussten nicht weit gehen. Nur drei Straßen weiter betrat das Mädchen ein altes Haus. Sie liefen schnell hin, öffneten die Tür und konnten gerade noch sehen, wie das Mädchen im zweiten Stock hinter einer Tür verschwand.

„Und jetzt?", fragte Carina.

„Jetzt läuten wir", antwortete Markus, mit einem Mal mutig und neugierig geworden.

„Bist du verrückt?"

„Warum?"

„Ich trau mich nicht ..."

„Was soll schon passieren?"

„Du weißt nicht, wer da aller drin ist."

Mittlerweile hatten sie den zweiten Stock erreicht und Markus klingelte einfach an der Tür, von der er glaubte, hier das Mädchen reingehen gesehen zu haben.

Das Mädchen öffnete und blickte sie erschrocken an.

„Wir, ich ...", stotterte Markus.

„Wir wollen dich besuchen", sagte Carina schnell, weil ihr ebenfalls nichts Besseres einfiel.

„Meine Mutter krank", sagte das Mädchen langsam. Aber Carina und Markus blieben beharrlich stehen, so dass das Mädchen sie dann doch hinein ließ.

Eine kleine Küche, ein noch kleineres Bad, ein mittelgroßes Zimmer, das war's schon. Auf einer Couch in einer Ecke des Zimmers lag die Mutter des Mädchens und hustete stark. Trotzdem lächelte sie die Kinder an. „Bitte", versuchte sie in den kurzen Hustenpausen zu sagen, „bitte ... nicht zu nahe ... vielleicht ... anstecken ..."

Carina und Markus wussten nicht recht, was sie sagen oder tun sollten, deshalb gingen sie. Aber am nächsten Abend waren sie wieder da und hatten ihre Väter mitgebracht.

„War schon ein Arzt da?", fragte Carinas Vater. „Nein ... nein, bitte kein Arzt … nicht versichert ...", fügte sie leise hinzu.

Nach längerem mühevollem Gespräch fanden Carinas und Markus' Väter jedoch heraus, dass die Mutter ungerechtfertigt entlassen worden war und sehr wohl noch Anspruch auf Versicherungsleistung hatte. Die Väter handelten und ließen die Frau auf schnellstem Wege ins Krankenhaus bringen. Das Mädchen nahm einstweilen Carinas Familie auf. Nur noch zwei Tage bis Heilig-Abend, aber die beiden Familien halfen zusammen und versuchten noch, alles mit der Krankenkasse und einer Verlängerung der Aufenthaltsbewilligung in Ordnung zu bringen. Selbstverständlich meldeten sie ebenso das Mädchen in der Schule an. Und während die Mutter des Mädchens glücklich war, im Krankenhaus ihre Lungenentzündung ausheilen zu können, besuchten Carina, Markus und das Mädchen die Kindermette.

Später, unterm Weihnachtsbaum glitzerten Tränen in den Augen des Mädchens.

„Gefällt's dir nicht?", fragte Carina.

„Schön ... schön ... Mama ..."

„Ach so. Aber deine Mutter kommt bald aus dem Krankenhaus. Dann ... dann feiern wir mit ihr noch mal. Oder ...?"

Carina sah ihre Eltern an. Die nickten lächelnd.

Und es schien, als strahlten die Kerzen am Weihnachtsbaum heuer viel heller …

Herzensfreud'

kinderaugenstrahlend

Peter und der Weihnachtsmann

An einem sonnigen Wintertag gingen Peter, Klaus und Markus in den Wald, um Zapfen, Tannen- und Fichtenzweige zu sammeln. Sie brauchten dies für den Bastelunterricht in der Schule. Nach einer Stunde meinte Klaus: „So, ich glaube, jetzt reicht's!"

„Ja. Mir ist kalt. Außerdem ist es schon vier Uhr vorbei, es wird bald dunkel", äußerte sich Markus und richtete sich aus seiner gebückten Haltung auf. Klaus tat es ihm gleich. Jetzt erst merkten die Kinder, dass es leicht zu schneien begonnen hatte.

„Mir ist auch kalt. Komm Peter, geh'n wir nach Hause."

„Nein! Ich ... ich will noch ein wenig weitersuchen."

„Wieso? So viel brauchen wir nicht."

„Willst du die ganze Klasse mit Zapfen versorgen?", fragte Markus etwas zynisch.

„Ich ... ich ... ich weiß nicht wieso, aber ich glaube, ich brauch' noch was ..."

„Was ist denn los mit dir?" Klaus kam Peters Verhalten merkwürdig vor.

Peter selbst fand's ja komisch, aber irgendetwas sagte ihm, dass er noch weitersuchen musste. Da war einfach so ein eigenartiges Gefühl.

„Also, wir geh'n jetzt. Tu, was du willst", sagte Klaus, als Peter nicht antwortete, sondern nur dastand und rundherum schaute, als suche er etwas, von dem er nicht wusste, was es war.

Peter begab sich weiter in den Wald hinein. Warum wusste er nicht. Seine Stiefel quietschten, als er auf dem schon harten Schnee dahinging. Die Arme hielt er fest verschränkt, denn trotz der dicken Winterjacke fror er. Seine Schritte wurden größer und schneller, je länger sich der Weg hinzog.

Auf einmal war da ein helles Licht, ein runder milchig-weißer Schein, dann wieder kräftiges Gelb. Erschrocken blieb Peter kurz stehen. Während er etwas später langsam weiterging, erfasste ihn ein plötzlicher Wirbelsturm und trug ihn ins Licht hinein. Noch bevor er recht wusste, wie und was ihm eigentlich geschah, hatte er wieder festen Boden unter den Füßen. Verdutzt blickte er sich um und – sah den Weihnachtsmann vor sich stehen. Mit roter Hose, Jacke und Mütze, mit hohen Stiefeln und weißem Bart, genauso wie er immer dargestellt und von Peter seit einem Jahr für kitschig gehalten wurde.

„Hallo Peterle", sprach ihn der Weihnachtsmann an und lächelte.

Peter, der die ganze Zeit mit offenem Mund dagestanden war, klappte ihn nun zu – sagen konnte er jedoch nichts.

Das gibt's doch nicht, dachte er, ich träume wohl ... und dass er mich mit ‚Peterle' anspricht ...'Peterle' ... ist doch baby!

„Mir ist zu Ohren gekommen, du glaubst nicht an das Christkind, Peterle?", sprach der Weihnachtsmann weiter. Peter nickte nur kurz bejahend mit dem Kopf. Zum Sprechen war er immer noch nicht fähig. „Dann glaubst du wohl auch nicht an mich?"

Peter schüttelte wiederum nur den Kopf.

Aber du stehst hier vor mir. Du siehst doch, dass es mich gibt."

„Ko... Kostüm ...", stotterte Peter.

„So, du meinst, ich bin verkleidet und was meinst du dann wohl, wo du hier bist?"

Jetzt erst sah Peter sich um. Um ihn herum

breitete sich schneebedecktes weites Land aus. In der Ferne ein paar Hügel. Vor einem offenen Stall sah er zwei Rentiere stehen.

„Das gibt's doch nicht", flüsterte er, doch laut sagte er: „Was ist in der großen Halle? Brauchst bloß sagen, dass da Spielzeug gemacht wird. Also das stimmt sicher nicht, kaufen ja alles die Erwachsenen." Peter hatte seine Sprache wiedergefunden.

„Das ist mein Geheimnis. Aber komm' mit, ich will dir etwas anderes zeigen." Der Weihnachtsmann lächelte und deutete Peter, ihm zu folgen.

Er tat, wie ihm geheißen. Als sie an der Halle vorbeigingen, konnte er es sich nicht verkneifen, beim offenen Türspalt hineinzuspähen. So sehr plagte ihn die Neugier. Doch leider konnte er nichts erkennen außer ... ja ... Bücher ... und dort in der Ecke ... das … das sah doch aus wie ein Schaukelpferd ... oder etwa doch nicht?

„Was ist denn? Komm doch", mahnte der Weihnachtsmann.

Auf einmal standen sie vor einem Platz, der aussah wie ein weißes Wolkenfeld. Der Weihnachtsmann trat hinein.

„Komm nur, komm Peterle", lockte er, als er merkte, dass Peter stehenblieb.

Schon wieder Peterle, dachte dieser und laut sagte er:

„Aber ... das ... das schaut so weich aus ..."

„Wenn du's probierst, wirst du merken, dass du sehr gut darauf gehen kannst", erwiderte der Weihnachtsmann.

Vorsichtig hob Peter einen Fuß und setzte ihn auf das Wolkengebilde, wie er meinte. Doch er sank nicht ein. Es war fest und er konnte tatsächlich darauf gehen. Als er beim

Weihnachtsmann war, merkte er, dass in der Mitte dieses Wolkengeflechts ein Loch war.

„Knie dich neben mich und sieh' runter", gebot ihm der Weihnachtsmann.

Peter tat, wie ihm geheißen. Was er erblickte, ließ ihn Augen und Mund aufreißen.

„Nun, was siehst du?", fragte der Weihnachtsmann.

Peter schluckte. „Ich ... das ... das Jesuskind...", stotterte Peter, denn er glaubte, seinen Augen nicht trauen zu können. Er spähte in einen alten Stall hinein. Da standen Kühe darin, wie das eben so war in einem Stall. Doch in einer Ecke, in der Heu und Stroh gelagert war, saßen zwei Menschen und in der Futterkrippe daneben lag ein Kind und davor stand der Esel, der Maria und Josef hierher gebracht hatte. Peter sah die Weihnachtsgeschichte, wie sie sich zugetragen hatte vor zweitausend Jahren. So wie es wohl wirklich geschehen war damals, ohne Verschnörkelungen und Verzierungen.

„Das Jesuskind, richtig. Du glaubst also an Jesus?"

„Ja, aber ..."

„Da gibt's kein Aber. Jesus oder auch Christus genannt, ist das Jesus- oder Christkind."

„Ja ... aber ... aber", stotterte Peter weiter und konnte seinen Blick kaum von dem zwar ärmlichen, aber überaus friedlichen Bild, das sich ihm dort unten bot, losreißen.

„Ich weiß, was du sagen willst. Du meinst das Christkind, an das alle Kinder glauben. Das Christkind, das herumfliegt, den Christbaum schmückt und Geschenke bringt. Nun, da hast du allerdings recht, dieses Christkind gibt es nicht. Diesen Schnickschnack haben die Menschen erfunden. Aber den kleinen Jesus, das Christuskind, den gab es. Gottes Sohn wurde in die Welt hineingeboren, um so zu leben wie ein Mensch. Verstehst du das?"

Peter nickte.

„Es ist also Jesus' Geburtstag, der an Weihnachten gefeiert wird. Der Geburtstag des Christkindes. Leider haben die Menschen aus diesem heiligen Fest ein Geschäft gemacht. Das ist wirklich traurig."

Peter nickte abermals. Und nach kurzem Nachdenken sagte er:

„Aber ... da ... da müssten ja eigentlich wir Jesus ein Geschenk machen, nicht welche bekommen."

Dies überraschte sogar den Weihnachtsmann.

„Peterle!", rief er aus. „Ich sehe, du hast wirklich begriffen, was ich dir erklären wollte."

Peter lächelte stolz, obwohl der

Weihnachtsmann ihn wieder ‚Peterle' genannt hatte.

„Du kannst Jesus ja beschenken. Indem du ihm deine Sorgen oder Freuden mitteilst und ein braves Leben führst, machst du ihm sehr viel Freude. Deshalb ist es ja auch in Ordnung, dass die Menschen sich gegenseitig beschenken, besonders die Kinder. Aber ... aber es ist einfach schrecklich, dass die Menschen immer gleich alles so übertreiben müssen", sagte der Weihnachtsmann seufzend.

Peter nickte, diesmal ganz gedankenverloren.

„Übrigens, das Christkind macht d o c h Geschenke. Gesundheit, liebe Eltern, Zufriedenheit ... verstehst du, was ich meine, Peterle?"

Er konnte sich das ‚Peterle' einfach nicht abgewöhnen. Aber Peter nahm es ihm nicht mehr übel. Seine Augen strahlten.

„Ja", sagte er sehr bestimmt.

„Gut, gut. Dann kann ich dich ja nun zurückschicken, nicht wahr?"

Peter schüttelte heftig bejahend den Kopf. Dann blickte er nochmals zu der Heiligen Familie in dem alten Stall hinunter. Doch nur kurz, dann verschwand das Bild und er starrte auf schneebedeckten Waldboden. Verwirrt hob er den Kopf, sah sich um und merkte, dass er am Waldesrand auf dem Boden kniete. Nur ein paar Meter vor ihm standen seine Freunde und beobachteten ihn erstaunt.

„Was tust du da?", fragte Klaus laut.

„Kommst du jetzt doch mit uns mit?", rief Markus.

Peter stand langsam auf und wusste nicht recht wie ihm geschehen war. Wieso waren seine Freunde noch hier? Es musste doch mindestens eine Stunde vergangen sein, seit sie sich getrennt hatten.

Er sah auf seine Armbanduhr. Zwanzig Minuten nach vier. Vier Uhr vorbei ...

Die Zeit ... die Zeit war stehengeblieben, als ich weg war ...

„Was ist jetzt?! Soll'n wir hier anfrieren?", rief Klaus ungeduldig.

„Ich ... ich komm' ja schon ..." Peter ging langsam zu seinen Freunden.

„Was hast du noch gemacht im Wald? Lang hat's aber nicht gedauert", bemerkte Markus.

„Ich ... ich ... ich war beim Weihnachtsmann ...", antwortete Peter zögernd, denn er konnte sich schon denken, dass seine Freunde ihm nicht glauben würden.

„Jetzt ist er ganz übergeschnappt." Das war Klaus.

„Ihr müsst mir glauben! Ich war wirklich beim Weihnachtsmann. Ja!", sagte er noch mal, wie um sich selbst bestätigen zu müssen, dass es kein Traum war.

„Ja, ja. Und ich bin der Osterhase!" Klaus verdrehte die Augen und ging davon.

Peter und Markus folgten ihm.

„Bist du auf den Kopf gefallen?"

Peter wunderte sich über diese Frage des sonst eher schüchternen Markus. Aber er nahm sie ihm nicht übel.

„Nein ... aber du hast recht, das Christkind gibt's", rief Peter aus und fing an zu laufen.

Klaus und Markus blickten ihm verdutzt nach.

„Was ist jetzt wieder los?"

„Er glaubt jetzt an das Christkind."

„Was?!"

Klaus schüttelte nochmals verständnislos den Kopf, hob die Arme und ließ sie resignierend wieder sinken. Den Rest des Weges gingen er und Markus schweigend nach Hause.

Der Rollstuhljunge

Von weitem beobachtete er die Kinder, wie sie sich zuerst bei einer wilden Schneeballschlacht erhitzten sowie dann gemeinsam und einträchtig einen Schneemann bauten. Gerhard, der selbsternannte Anführer der Gruppe, weil er der Älteste war, ganze elf Jahre, erblickte ihn als Erster.

„Heh, seht euch doch mal den an", rief er seinen Spielkameraden zu. Und da starrten plötzlich alle Augen auf ihn. Er drehte seinen Rollstuhl um und fuhr so schnell er konnte, davon.

„Wer war das?", fragte Willi, den alle nur Ball nannten, weil er von süß bis sauer alles aß, ständig an irgendwas rumkaute und einen Bauch hatte, der wie ein kleiner Ball aussah.

„Die sind doch vorgestern bei uns

eingezogen." Ingrid, genannt die Dürre, wusste Bescheid. Sie wusste eigentlich immer gleich über alles Bescheid, was im Wohnhaus passierte oder sich änderte.

„Hat er noch Geschwister?", fragte Benni, eigentlich Benjamin. Er war der jüngste der vier Kinder, neun dreiviertel Jahre, um genau zu sein.

„Nein", antwortete Ingrid.

„Ist doch egal. Spiel'n wir endlich weiter?" Gerhard wandte sich wieder dem Schneemann zu und die anderen folgten seinem Beispiel.

Am nächsten Tag, als sie sich wieder alle vorm Haus trafen, kam Benni ganz aufgeregt daher gelaufen und rief: „Er ist in meiner Klasse!"

„Wer?", fragten alle wie aus einem Munde.

„Peter."

„Wer ist Peter?", fragte Gerhard.

„Na er, der Rollstuhljunge."

„Ach so", sagte Ball und holte sich ein Stück Schokolade aus seiner Hosentasche.

„Was machen wir heute?" Gerhard ging zur Tagesordnung über. Dies war stets seine erste Frage, wenn sie sich trafen.

„Schneeballschlacht", rief Benni.

„Schon wieder?" Für Ball war das einfach zu viel Bewegung.

„Komm schon, Faulpelz. Tut dir gut", antwortete Gerhard und warf den ersten Schneeball. Diesmal sah Ingrid ihn als Erste.

„Seht, da ist er wieder."

„Was glotzt er uns immer so an?", fragte Ball.

„Vielleicht will er mitspielen?", meinte Benni.

„Der? Wie soll das gehen? Er kann sich nicht bewegen, nichts tun …", stellte Gerhard fest.

„Er kann die Hände bewegen. Hab' ich in der Schule gesehen."

„Was soll'n wir da wohl spielen mit ihm? Wettrennen, Schneeballschlacht, Eislaufen, Fußball … ha?!"

Gerhard fühlte sich wieder als der Klügste.

„Handball vielleicht?", wagte Benni vorzuschlagen.

„Ach, hör schon auf. Er passt nicht zu uns."

Für Gerhard war dieses Thema erledigt.

Benni ließ sich zwar umstimmen und tat ebenfalls so, als würde er Peter ignorieren, aber insgeheim war ihm das alles ganz und gar nicht egal. Der Junge interessierte ihn. Egal, ob er im Rollstuhl saß oder nicht. Er war doch ein Junge in seinem Alter, er ging mit ihm in die Klasse und er hatte hier noch keinen Freund gefunden.

„He, was ist, du Träumer?", hörte er da die Dürre rufen, während ein gezielter Schneeball in seinem Gesicht landete. Das konnte er nicht auf sich beruhen belassen, die Freunde hatten ihn wieder.

Erst am Abend, zu Hause, kam ihm Peter abermals in den Sinn und er sprach mit seinen Eltern darüber.

„Na, da hast du ja jetzt eine große Aufgabe", äußerte sich sein Vater.

„Wie meinst du das?"

„Nun, überzeug' deine Freunde, dass Peter genauso normal ist wie ihr. Für die Behinderung kann er nichts. Glaubst du nicht, er würde genauso gerne herumlaufen wie ihr? Frag ihn doch mal, wie alles passiert ist und wie er sich fühlt. Vielleicht freut er sich, wenn er mit jemandem sprechen kann."

Benni dachte nach. Sollte er mit Peter Freundschaft schließen, würden ihn die anderen vielleicht auslachen oder sogar meiden.

Schloss er keine Freundschaft, dann …

Ja genau, Vati hat recht. Ich werde die anderen überzeugen!

Aber wie?

Bennis Vorhaben erwies sich als gar nicht so einfach. Erst sprach er ab und zu in der Schule mit Peter und war erstaunt, wie klug dieser war und sympathisch. Aber das hatte er sich ja sowieso gleich gedacht. Später bat Benni ihn, ihm in Mathematik zu helfen, weil das nicht seine Stärke war. So kam es, dass Benni nun dreimal die Woche zu Peter ging, um Mathe zu büffeln. Und so kam es gleichfalls, dass die anderen ihn für blöde ansahen und ihn hänselten, wann immer sie konnten.

„Da kommt er ja, der Rollstuhlschieber." Gerhard benahm sich am gemeinsten. Die Dürre hatte nach einer Woche bereits Bedenken, und der Ball fühlte sich hin- und hergerissen zwischen den beiden Freunden. Er tat sich überhaupt immer ein bisschen schwer, wenn es darum ging, sich eine eigene Meinung zu bilden. Aber Benni ließ sich nicht beirren, jetzt erst recht nicht! Denn er hatte viel gelernt von Peter. Dieser konnte ebenso lustige Geschichten erzählen, von den Streichen, die er früher angestellt hatte, als er noch laufen konnte. Sie lachten viel zusammen, denn Peter haderte nicht mit seinem Schicksal, sondern machte das Beste daraus. Sicher, manchmal war er schon ein bisschen traurig, aber mit der Zeit hatte er gelernt, dass das nichts änderte und so versuchte er, diese Phasen der Traurigkeit immer schnell zu überwinden.

„Am Anfang habe ich gebrüllt, geheult, geschimpft und alles gehasst", schilderte er Benni eines Tages seine Geschichte. „Ich war ja erst acht Jahre, als das Auto mich niederfuhr. Manchmal denk' ich schon, warum mir das passieren musste. Ich war ja nicht mal schuld, der blöde Autofahrer ist bei Rot gefahren …"

Benni war mulmig zumute. Fast sah es aus, als würde Peter im nächsen Augenblick zu weinen beginnen. Aber dann …

„Hey, hab' ich dir schon erzählt, als wir einmal in eine Höhle krochen, um einen Schatz zu suchen?", fragte Peter plötzlich und seine Augen funkeln bereits wieder verschmitzt. Ja, so war Peter. Benni mochte ihn mit jedem Tag mehr. Als er bei der nächsten Mathe–Schularbeit eine Zwei statt der sonstigen Vier bekam, musste er seinen Freunden endlich erzählen, welch ein Mensch Peter war.

„Ohne ihn hätte ich wieder einen Vierer", begann er.

„Kann er auch gut Deutsch?", fragte da die

Dürre zaghaft, da sie mit der Grammatik nicht so ganz zurechtkam.

„Und wie! Und ihr müsstet mal hören, wie gut er erzählen kann."

„Ach ja? Und was?", fragte der Bauch mit vollem Mund.

„Was der alles angestellt hat früher. Dagegen ist unser Leben hier langweilig."

„Was wird er im Rollstuhl schon viel angestellt haben", meinte Gerhard abfällig.

„Er konnte auch mal laufen! Vielleicht sogar schneller als du", fügte Benni noch hinzu, denn Gerhard bildete sich stets ein, überall der Schnellste und Beste zu sein, was er zwar oft war, trotzdem, er brauchte ja deswegen nicht so überheblich zu sein.

„Vielleicht… vielleicht sollten wir uns doch mit ihm anfreunden. Wir Kinder von Haus Nummer 22 müssen gegen alle

zusammenhalten – hast du selber gesagt …",
zitierte Ingrid.

„Ja, ja, hab ich gesagt, aber…" Gerhard wusste
selbst nicht, was er gegen Peter hatte, denn
dass einer, der nicht gehen konnte, daran
sicher keinen Spaß fand, das konnte er sich
denken. Und dass ein Unfall schnell passieren
konnte, sogar ihm, das war ihm ebenso klar.
Aber trotzdem, er durfte doch vor den anderen
jetzt nicht plötzlich seine Meinung ändern, wie
stand er denn dann da …

Kurz vor Weihnachten veranstalteten die vier
Kinder jedes Mal eine kleine Weihnachtsfeier
mit Basteln, Kekse essen und so weiter. Jedes
Jahr bei jemand anderem zu Hause. Dieses
Jahr fand der Nachmittag bei Benni statt. Seine
Mutter hatte ihm selbstverständlich bei den
Vorbereitungen geholfen.

„Was, d e r kommt auch?", war Gerhards Reaktion, als alle da waren, es jedoch nochmal läutete und Bennis Mutter Peter ins Zimmer schob. Peter grüßte freundlich und tat, als hätte er diese Bemerkung nicht gehört.

„Sonst wären ja nicht alle meine Freunde da", antwortete Benni und goss Peter Kakao ein.

Später, als sie alle Strohsterne bastelten, stellte sich Peter besonders geschickt an, geschickter als Gerhard, was diesen natürlich ärgerte. Außerdem erzählte Peter eine lustige Geschichte, über die alle lachen mussten, nur Gerhard beherrschte sich, obwohl's um seine Mundwinkel verdächtig zuckte. Er ging als Erster nach Hause, weil er wissen wollte, ob ihn jemand zurückhielt. Aber keiner tat das, weil Peter eben mit einer neuen Geschichte begonnen hatte.

Saubande, dachte Gerhard, früher haben alle

getan, was ich wollte, jetzt dreht sich alles um diesen Peter.

Was ihn jedoch am meisten ärgerte, war, dass er ihn sympathisch fand und ihn sogar gerne zum Freund hätte.

Am Weihnachtsabend gingen die Kinder gemeinsam zur Jugendmette. Das heißt, Gerhard kam etwas später. Auf dem Heimweg, nach der Messe, ging Gehard ein paar Schritte hinter ihnen, ganz in Gedanken versunken. Als sie vor ihrem Wohnhaus angekommen waren, wünschten sie einander frohe Weihnachten und überreichten sich gegenseitig kleine Päckchen mit Überraschungen, die sie selbst angefertigt hatten. Das taten sie jedes Jahr. Auch Peter bekam von jedem Kind ein Päckchen, außer … außer von Gerhard.

„Du brichst unsere Tradition", wagte die Dürre

zu sagen. Das kam selten genug bei ihr vor. Sie wusste zwar stets gut Bescheid, protzte aber nicht damit.

„Ja, wo ist dein Päckchen für Peter?", fragte Benni.

„Ach, lasst ihn doch. Ich hab' ja auch keine Geschenke für euch, weil ich von eurem Brauch nichts gewusst hab'."

„Das ist ja eine Entschuldigung", sagte Bauch und kaute an einem Lebkuchenstück, denn in den Päckchen für ihn war selbstverständlich nur Essbares.

„Ich … ich", stotterte Gerhard und das war ganz was Neues bei ihm, „ich hab' doch ein Geschenk für ihn."

Alle blickten ihn erwartungsvoll an.

„Ich … ich nehme dich ab heute in unsere Gruppe auf." So, jetzt war's draußen, jetzt fühlte er sich wohler. Er war ja immer noch der Anführer und wer dazukam oder wer nicht dazukam, bestimmte immer noch er, jawohl!

„Das ist das tollste Geschenk!", rief Benni und die übrigen stimmten ihm zu. Bevor sie hineingingen, musste Peter noch unbedingt die Geschichte des Weihnachtsabends vor zwei Jahren mit seiner Katze, die er früher hatte, erzählen. Und diesmal konnte sogar Gerhard herzhaft lachen.

Freundschaftssehnsucht strahlendleicht

Sein Erlebnistraum

Aus Weihnachten machte er sich nichts. Das heißt, aus dem eigentlichen Weihnachten machte er sich nichts. Aus dem Feiern und „Geschenke kriegen" schon.

„Wenn du nicht an Gott glaubst, brauchst du auch nicht Weihnachten feiern und wir brauchen dir nichts schenken", meinten seine Eltern. Sie hatten schon oft darüber nachgegrübelt, ob sie wohl was falsch gemacht hatten und hofften, dass es nur eine Pupertätserscheinung war, die sich wieder legen würde, obwohl er stets versicherte, bereits in der Volksschule schon nicht geglaubt zu haben, was „die da" erzählten.

„Doch, Geschenke will ich", war seine Antwort.

„Und den Christbaum können wir uns

natürlich außerdem sparen", erklärte seine Mutter unbeirrt.

„Ein Christbaum gehört dazu – mit vielen Süßigkeiten", sprach er weiter und grinste.

„Wozu? Du glaubst doch an nichts", waren seines Vaters Worte.

So und ähnlich verliefen noch einige Auseinandersetzungen und fruchteten nichts.

Am Abend des 23. Dezembers ging er ziemlich missmutig zu Bett. Er hatte noch keinen Christbaum gesehen und das war bedenklich, denn normalerweise kauften seine Eltern den Baum schon Anfang oder Mitte Dezember.

Er schlief sehr unruhig. Mitten in der Nacht erwachte er, stand auf, um zur Toilette zu gehen und als er zurückkam, war er plötzlich ganz woanders. Er öffnete seine Zimmertür und trat in eine Stube, die mit Eiben- und Wacholderzweigen geschmückt war, an denen Papier- und Strohsterne hingen. Im Herrgottswinkel, unter dem Kreuz, stand eine Krippe und um den Tisch saßen Leute, die er noch nie gesehen hatte. Es schien eine Familie mit Vater, Mutter, zwei Kindern und Großeltern zu sein. Er hörte, wie sie beteten, danach fingen sie zu essen an, dessen Abschluss ein Stollen bildete, der besonders bei dem ungefähr zehn Jahre alten Mädchen und dem etwa sieben Jahre alten Jungen Freude hervorrief. Nach dem Essen bekamen die Kinder noch kleine Geschenke. Da kam aus einem Päckchen ein selbstgestrickter Schal zum Vorschein, bei den anderen eine Mütze, ein geschnitzter Zug und eine kleine Stoffpuppe. Die Begeisterung der Kinder war so groß, dass die Kerze in der Mitte des

Tisches wie wild flackerte.

Wie gebannt sah er die zu, unfähig, etwas zu tun oder zu sagen. Erst als die Familie vom Tisch aufstand, fasste er sich wieder.

„Wo bin ich hier? Wer seid ihr? Das ist ... war doch mein Zimmer ...", stammelte er und ging ein paar Schritte weiter in den Raum hinein. Doch niemand antwortete ihm, sie schienen ihn nicht mal zu bemerken. Er wollte jemanden am Arm anfassen, um ihn auf sich aufmerksam zu machen, doch es gelang ihm nicht. Er griff nur ins Leere. Er war entsetzt. Was war nur geschehen? Es war, als wäre er einfach nur ein Zuschauer, einer, der diese Familie im Fernsehen sieht. Aber er war doch mitten drunter ...

Während Vater und Mutter Jacken und Mäntel in die Stube hereinholten und den Kindern und Großeltern beim Anziehen halfen, hörte er den kleinen Jungen fragen: „Bekommen wir auch einen Christkindleinbaum?"

„Was ist ein Christkindleinbaum?", wollte die Großmutter wissen.

„Na so ein Zuckerbaum, der geschmückt wird und auf dem Kerzen leuchten."

„Das Kind fantasiert." Die Großmutter schüttelte verständnislos den Kopf.

„Nein. Ich hab' ebenfalls schon gehört, dass es so was gibt. Aber das ist nur für reiche Leute", antwortete der Vater.

„Warum nur für reiche Leute? Ihr sagt doch immer, vor dem Christkind sind alle Leute gleich", warf nun das Mädchen ein.

„Das schon, aber ... du weißt doch, wie das mit den Geschenken ist", sagte die Mutter, zwinkerte ihrer Tochter zu und flüsterte nun weiter, „die besorgen ja wir, weil wir eben an Jesus' Geburtstag gerne die beschenken, die wir lieben. Und da ist es eben so, dass reiche Leute sich reicher beschenken und arme Leute bescheidener."

„Was ist mit den Geschenken? Warum flüsterst du jetzt?", rief der kleine Junge.

„Brave Kinder bekommen vom Christkind Geschenke. Und jetzt setz' deine Mütze auf, wir müssen los", sagte die Mutter und trieb ihn zur Eile an.

„Bringt das Christkind nun noch einen Christkindleinbaum?"

„Nein, das Christkind hat dir schon was gebracht. Und wir haben unsere Stube doch mit Zweigen und Sternen geschmückt, da hast du doch selbst mitgeholfen. Und Leute, die mehr Geld haben, die kaufen sich eben einen ganzen Baum."

„Vielleicht", meldete sich nun der Großvater zu Wort, „vielleicht hast du einmal einen

Christkindleinbaum. Du bist noch jung, wir haben jetzt 1885 und die Zeiten ändern sich immer schneller. Was heute nur reiche Leute haben, ist später vielleicht für alle möglich. Ich hab' so was schon öfters erlebt."

Der kleine Junge nickte, aber sein Gesichtsausdruck ließ erkennen, dass er nicht so ganz verstanden hatte, was der Großvater meinte. Aber für weitere Fragen blieb keine Zeit mehr, denn die Eltern drängten zur Eile.

„Wir haben noch über eine Stunde Weg bis zur Kirche", mahnte der Vater.

„Und die Mitternachtsmette fängt immer pünktlich an", erklärte die Mutter.

Also gingen sie, nachdem die Kinder noch rasch einen dicken Schal umgebunden hatten.

Er sah ihnen nach, wie sie die Stube verließen, drehte sich dann um und befand sich wieder in seinem Zimmer.

Was war denn das? Habe ich geträumt, aber ich bin doch auf ... und es war so echt ...

Er fand keine Antwort auf seine Fragen und legte sich ins Bett. Bevor er einschlief, schwirrten ihm noch die Worte „1885" und „über eine Stunde Weg" im Kopf herum. Er hatte schon oft keine Lust, die fünf Minuten Weg zu gehen, die er in die Kirche hätte, nur weil ihn „das alles" nicht interessierte. Aber das Mädchen und der kleine Junge, die hatten überhaupt nicht gequengelt, nicht mal gefragt, ob sie mitmüssen, für die war das selbstverständlich gewesen. Ob doch was dran war? Ach was …

Als er am nächsten Morgen aufwachte, fiel ihm wieder sein Erlebnis in der Nacht ein. Diesmal war er sich ganz sicher, dass es ein Traum gewesen sein musste, so real er auch gewirkt hatte. Aber jetzt blinzelte die Sonne zum Fenster herein und als er es öffnete, tat die frische kalte Luft ihr Übriges, um die Gedanken der Nacht zu verscheuchen.

Doch den ganzen Tag über wirkte er ein wenig nachdenklich, meinten seine Eltern. Und als sie ihn am Abend doch mit einem mit viel Süßigkeiten geschmückten Lichterbaum und Geschenken überraschten, gab er sich ganz bescheiden.

„Danke. Das wär doch nicht nötig gewesen ...“ Seine Eltern blickten ihn verwundert an. Noch mehr wunderten sie sich jedoch, als er plötzlich verkündete: „Ich gehe mit zur Mette.“ Außerdem murmelte er noch etwas wie: „Ist ja kein Weg über eine Stunde ...“, aus dem die Eltern nicht schlau wurden, doch sie fragten nicht weiter, denn womöglich hätte er seine Meinung dann wieder geändert.

weihnachts-besinnlich

Glockenglanz, Sternenklang,
Tannenschein und Schneegeschmack.
Liederstille, Stummgetöse,
Schreigeflüster, Glitzerwahn.

Besuch

Seine Schritte knirschten im Schnee, als er den einsamen Waldweg entlangging. Der gefrorene Schnee und das kalte Licht des Mondes erhellten seinen Weg. Ab und zu fielen von einem Baum Flocken auf seinen bemützten Kopf oder gar auf seine Nase. Wenn dies passierte, wischte er die Nässe ganz schnell weg, da er ohnehin genug fror. Dann steckte er die Hand rasch wieder in die Jackentasche, denn Handschuhe hatte er keine an. Er hatte ganz vergessen, wie kalt ein Winter in den Bergen sein konnte.

Als er aus dem Wald trat, konnte er schon das Haus sehen, dass etwas abseits vom übrigen Dorf lag. Je näher er kam, desto heimeliger wurde ihm zumute. Es sah alles noch so aus wie früher. Na ja, fast. Ein wenig renoviert und modernisiert worden war natürlich schon. Das Haus wies eine neue Holzverkleidung auf und der Stall zeigte sich in festem Mauerwerk. Eine alte und eine neue Rodel lehnten neben der Stalltür. Er erkannte die alte und wieder wurde ihm warm ums Herz. Er war sich sicher, dass dies immer noch der schönste Hof im Ort war.

Das Licht über der Eingangtür leuchtete, ansonsten war jedoch alles dunkel. Obwohl er vermutete, dass niemand zu Hause war, klopfte er. Doch alles blieb ruhig. Er sah auf die Uhr. Weihnachtsmettenzeit. Dort werden sie sein, in der Kirche. Er lächelte. Dann ging er zur Stalltür und freute sich, dass diese nicht verschlossen war. Er tastete sich ins Innere, fand den Lichtschalter und knipste ihn an. Sein Blick fiel auf einen alten Melkschemel und er lächelte. Dass der noch da war, trotz der modernen Melkvorrichtung, beruhigte ihn irgendwie. Trotz Neuem sollte das Alte nicht ganz verloren gehen – das fand er schön.

Er setzte sich neben das Kalb, das nicht weit von der Eingangstür auf Stroh gebettet war. Hier war es wenigstens etwas warm und musste nicht mehr so frieren, während er wartete. Wiederum musste er lächeln. Er fühlte sich plötzlich so heimelig und weihnachtlich. War nicht Jesus in einem Stall zur Welt gekommen? Und nun saß er ebenfalls hier in einem Stall, genau am Weihnachtsabend.

Na, jetzt werde ich aber sentimental. Aber ... was macht das schon ... heute ...

"Können wir nicht hierbleiben und mit den neuen Sachen spielen?", fragte die zehnjährige Marianne die Mutter. Ihr Bruder, der zwölfjährige Christian, der eine solche Frage nie zu stellen gewagt hätte, blickte die Mutter nun ebenfalls erwartungsvoll an.

"Ich hör' wohl nicht recht", antwortete diese. "Am Weihnachtsabend nicht in die Christmette? Tja, wenn ihr am Nachmittag in die Kindermette gegangen wärt', aber wer hat denn gebettelt, erst in die Nachtmette gehen zu dürfen, von wegen schon zu erwachsen für die Babymesse und so ..."

Der Vater nickte bekräftigend zu diesen Worten, also seufzte Marianne resignierend und Christian wandte rasch seinen hoffnungsvollen Blick ab und zog sich seine Stiefel an.

"Ihr wollt' doch sicher dem Jesuskind auch danke sagen, dafür, dass es euch gut geht und ihr einen Haufen Geschenke bekommen habt. Schließlich ist es der Geburtstag von Jesus, den wir feiern, nicht eurer", belehrte sie nun die Großmutter.

"Wir sind ja dankbar", warf Christian ein.

"Und freuen uns", ergänzte Marianne.

"Na, dann macht nun Jesus ein Geschenk und feiert seine Geburtagsmesse mit. Das ist für ihn so, wie wenn ihr eine Geburtagsparty feiert", meldete sich nun Großvater zu Wort. Er und Großmutter lebten mit ihrem Sohn und dessen Familie auf diesem Bauernhof, etwas außerhalb vom Dorf, kurz bevor der Wald begann.

"Ah", machte Marianne.

"Geburtstagsparty ...?! So hab' ich das noch gar nicht gesehen. Dann kommt endlich, das dürfen wir nicht verpassen", war Christians Kommentar zu Großvaters Erklärung.

So machte sich die Familie frohen Mutes auf den fünfzehnminütigen Weg ins Dorf zur Kirche.

Er streichelte das schlafende Kalb neben sich. Er fühlte sich wohl und es war ihm nicht mehr so kalt. Seine Gedanken wanderten zurück. Zurück in seine Kindheit auf diesem Hof.

Mit drei Schwestern und einem Bruder war er hier aufgewachsen. Er und seine Geschwister hatten schon früh neben der Schule auf dem Hof mithelfen müssen. Doch so weit er sich erinnern konnte, mussten das ebenfalls die meisten anderen Kinder aus seiner Klasse, denn richtig reich war eigentlich keiner gewesen. Doch seiner Familie fehlte es an nichts wirklich Wichtigem und was es sogar im Überfluss gab, war Liebe. Er erinnerte sich jedenfalls nur an eine glückliche Kindheit und Jugend. Trotzdem zog es ihn fort, in die weite Welt, weg aus dem engen Bergdorf, ein bisschen Freiheit schnuppern. Da er der Älteste war, hatte ihm sein Vater zwar als seinen Nachfolger angesehen, der später den Hof übernehmen würde, doch so ein Leben hatte er sich überhaupt nicht vorstellen können. Dann, mit neunzehn Jahren, hielt ihn hier nichts mehr. Nur einen kurzen Abschiedsbrief hinterlassend, schlich er sich eines Nachts davon, als sein eineinhalb Jahre jüngerer Bruder, mit dem er das Zimmer teilte, bereits tief und fest schlief.

Tja und nun war er beinahe sechsunddreißig Jahre alt und saß hier im Stall und wartete auf seine Familie. Mit sehr gemischten Gefühlen, denn ... würden sie ihn jetzt noch sehen wollen? Waren sie nicht schon an ein Leben ohne ihn gewöhnt? Lebten seine Eltern überhaupt noch?

Solche und ähnliche Gedanken quälten ihn, bis ihn die Müdigkeit übermannte und er einnickte.

Marianne lief auf dem Heimweg immer ein Stück voraus. Als sie in die Nähe des Hofes kam, blieb sie plötzlich stehen, drehte sich um und rief aufgeregt:

„Da ist Licht! Im Stall brennt Licht!"

„Wird dein Vater wahrscheinlich vergessen haben, auszuschalten", war Großvaters Meinung.

„Auf keinen Fall. Ich gab's ganz bestimmt ausgeschaltet."

„Vielleicht beschert das Christkind auch den Kühen", bemerkte Christian.

„Blödmann", war Mariannes Antwort.

„War 'n Scherz", verteidigte sich Christian.

„Eigenartig", murmelte der Vater vor sich hin, als er zum Stall ging und die Tür öffnete. Seine Hand wollte bereits zum Lichtschalter greifen, als er ein Geräusch hörte und den Kopf wendete. Er sah einen Mann, der sich eben vom Melkschemel erhob und ihn anstarrte.

„Wer sind Sie?! Was tun … Oh Gott! Das kann doch nicht wahr sein … Martin?!"

Innerhalb einer halben Minute spiegelten sich in seinem Gesicht anfängliche Empörung, Unsicherheit, Erkennen bis hin zu Freude und sentimentaler Gefühlsregung wider.

„Bernhard", stellte dieser fest – trocken, da es ihm schwerfiel, mehr zu sagen.

Und dann lagen sich die beiden Brüder in den Armen.

„Komm, komm mit rein. Na, die werden vielleicht Augen machen", sagte Bernhard, als er sich aus der Umarmung löste.

Als sie das Haus betraten, rief der Großvater aus der Küche: „Und? Doch vergessen, abzuschalten – oder ist was Besonderes los?"

Er hatte kaum den Satz beendet, als plötzlich

die Großmutter, die eben vom oberen Stockwerk in den Vorraum herunterkam, schrill ausstieß: „Nein!"

Die restlichen Familienmitglieder stürmten nun ebenfalls in den Hausgang und sahen die Großmutter in den Armen eines Mannes liegen, während der Vater daneben stand, breit grinste und sagte: „Was g a n z Besonderes ist los. Besuch ist da."

„Mein Gott … bald siebzehn Jahre … Bub … Bub", stammelte Großvater und Tränen schimmerten in seinen Augen. Und die Großmutter schluchzte sowieso ununterbrochen und wollte Martin überhaupt nicht mehr loslassen. Nur die Kinder standen da und wussten überhaupt nicht, was los war.

„Kommt, kommt doch in die Stube", meinte nun die Mutter, die begriffen hatte, wer da gekommen war, obwohl sie Martin nur aus früheren Erzählungen kannte.

„Ja, komm", brachte die Großmutter mühsam über die Lippen, „du musst ja Hunger haben."

Sie begaben sich alle in die Stube, wo der geschmückte Weihnachtsbaum stand.

Während Martin aß, wurde er mit Fragen überhäuft.

„Wo warst du so lange?" „Wo kommst du jetzt her?" „Was hast du all die Jahre gemacht?" „Warum hast du dich nicht gemeldet?" „Warum bist du nicht früher gekommen?"

„Ja lieber, neuer Onkel, weißt du denn nicht, dass es Post, Telefon, Handy und Internet gibt?", fragte schließlich Marianne ganz frech.

„Oder hast du im Urwald gelebt?", wagte Christian, nicht minder frech, zu fragen.

„Kinder!", rief die Mutter.

„Ach lass sie nur. Sie haben ja recht. Ich hätte mal was von mir hören lassen können. Aber …

na ja … ich genierte mich eben ...“

Bei Kaffee und Weihnachtskeksen - die Kinder waren mittlerweile ins Bett geschickt worden, da es bereits ein Uhr nachts vorbei war, nicht jedoch ohne dem Versprechen, ihnen morgen alles zu wiederholen, was der Onkel gesagt hatte - erzählte Martin seine Geschichte. Wie er voller Abenteuerlust und Fernweh von zu Hause weg ging. Wie er sich die ersten Jahre in Australien als Schafscherer verdingte und sich oft allein fühlte in diesem weiten, endlos weitem und einsamen Land, wie ihm schien.

„Die Schafscherer waren harte Burschen und hatten meistens nur derbe Sprüche oder Schweigen als irgendein gutes Wort oder Mitleid übrig ...“

Wie er schließlich nach Sidney ging, da er sich in der Stadt größere Chancen erhoffte, es zu etwas zu bringen.

„Erst habe ich als Hilfskraft an einer Tankstelle gearbeitet, dann als Laufbursche und sozusagen 'Mädchen für alles' in einem Kaufhaus. Dazwischen war ich auch mal arbeitslos und ziemlich unten, aber davon will ich lieber nicht sprechen. Dann fand ich eine Stelle in einem Elektroladen. Und diese Arbeit machte mir zum ersten Mal richtig Spaß. Du weißt ja, Vater, ich hab' zwar auf deinen Wunsch hin die landwirtschaftliche Schule besucht, aber viel mehr habe ich mich fürs Kaufmännische interessiert. Letztes Jahr ging der Besitzer, der übrigens mein bester Freund geworden ist, in Pension und verkaufte mir den Laden. Natürlich brauchte ich dafür einen Kredit, aber das Geschäft läuft gut und in diesem Jahr habe ich schon einen großen Teil wieder zurückbezahlt und außer einem Mitarbeiter noch einen Lehrling eingestellt.

Tja und nun, da es mir recht gut geht, habe ich mich wieder getraut, nach Hause zu kommen."

„Aber Bub … du … du hättest doch jederzeit ...", sagte sein Vater und musste dabei ein paar Mal kräftig schlucken.

„Ich weiß, aber ich wollte nicht … nicht als Versager ..."

„Wir lieben dich doch, unser Kind … du bist doch kein Versager … hätten gern mal von dir gehört … irgendein Lebenszeichen … haben uns doch Sorgen gemacht ..." Die Tränen seiner Mutter waren noch nicht versiegt.

„Ich weiß doch Mama, hab' oft daran gedacht, aber … versteht bitte … ich konnt' es einfach nicht."

„Ich versteh' dich", sagte da sein Bruder und legte ihm die Hand auf die Schulter.

„Danke", antwortete Martin, „aber … da ist noch was ..."

Alle sahen ihn erwartungsvoll an.

„Ich … ich bin nicht allein gekommen ...“

„Was?!“, rief seine Mutter aus, in deren Kopf bereits bestimmte Gedanken heranreiften.

„Ich … ich bin verheiratet … habe eine Tochter und … und in sechs Monaten erwarten wir unser zweites Kind.“

„Wo sind sie?“

„In einem Gasthof im Nachbardorf.“

„Sag, bist du verrückt?!“, rief seine Mutter resolut, von Tränen keine Spur mehr. „Nicht genug, dass du so lange weg warst und mir ein Enkelkind vorenthalten hast – jetzt quartierst du deine Familie auch noch im Nachbardorf ein … was soll das?!“

„Na ja … ich wusste ja nicht, wie ihr mich aufnehmt ...“

„Wusstest du nicht, hat?! Wusstest nicht, dass deine Eltern dich lieben, auch wenn wir mal gestritten haben wegen deiner jugendlichen Flausen. Hol sie sofort her!"

„Aber Mama ..."

„Kein aber Mama ..."

„Es ist zwei Uhr morgens ..."

„Er hat recht", wandte jetzt sein Vater ein, „aber morgen früh – das heißt, eigentlich ja heute früh – nach dem Frühstück holen wir sie sofort."

„Aber schon ganz früh", warf die Mutter noch ein und dann kullerten ihre Tränen abermals. „Das wird ein Weihnachtstag", murmelte sie nur noch, bevor sie zu Bett ging.

Zusammenhalt

familienstark

Begegnung

Bei Bekannten hatte er die Nacht über pennen dürfen. Ausnahmsweise. Jetzt, um sieben Uhr früh, war er wieder unterwegs. Sein erster Weg führte ihn zum Bahnhof, dort trank er mit zwei seiner Kumpels ein Bier. Dann ging er weiter. Heute zog es ihn ins Zentrum der Stadt hinein.

Obwohl es ein wenig zu schneien begonnen hatte und er in seinem alten Mantel fror, musste er heute einfach in die Stadt. Dort sah alles festlich aus. Lichterketten glitzerten. Der große Baum neben dem Brunnen am Hauptplatz war mit Kugeln und Strohsternen geschmückt.

Bereits so früh am Morgen begann schon reges Treiben. Vor zwei großen Kaufhäusern sah er Weihnachtsmänner mit großen Säcken stehen und auf Kinder warten. Heute war der 24.

Dezember. Weihnachtsabend. Trotz dem er nicht wusste, wo er diese Nacht überhaupt verbringen sollte, wollte er sich ein bisschen anstecken lassen von der weihnachtlichen Stimmung, und deshalb musste er jetzt ins Zentrum. In einer kleinen Parkanlage setzte er sich auf eine Bank neben einem Ahornbaum. Von hier aus konnte er gut beobachten, war doch ein großes Stück der Hauptstraße zu überblicken.

Je weiter der Vormittag voranschritt, desto hektischer wurde das Treiben an der Hauptstraße, aber gleichfalls rings um ihn her. Weihnachtsstände mit Lebkuchen, Glühwein, Maroni und speziellem Weihnachtskitsch waren ebenfalls hier im Park aufgestellt und öffneten nun der Reihe nach. Einen Glühwein wollte er sich später holen und eine Kleinigkeit dazu essen. Dafür reichten die paar

Euro noch, die er in der Hosentasche hatte. Jetzt musste er erstmal eine Zigarette rauchen, die ihm der Bekannte gespendet hatte. Er nestelte in seiner Manteltasche herum, fand die Zigarette und steckte sie in den Mund. Dann nestelte er weiter, fand aber weder Feuerzeug noch Zündhölzer.

Ein gut gekleideter Herr, mit einem Windhund an der Leine, kam eben auf die Bank zu. Er nahm die Zigarette aus dem Mund.

„Sie … ähm … hab'n Sie Feuer?", sprach er den Herrn an.

„Bin Nichtraucher", antwortete dieser kurz angebunden.

„War ich früher auch", sagte er und deutete auf den Hund. „Wie heißt er denn?"

„Hasso."

„Meiner hieß Harry."

Der Herr war im Begriff weiterzugehen.

„Hab' ihn weggeben müssen damals …", sagte er da lauter und brachte dadurch den Herrn dazu, stehenzubleiben.

„Damals, als ich noch Beamter war ..."

Der Herr drehte sich um und blickte ihn an.

„Ja Beamter, das können Sie wohl nicht glauben, was? Im Finanzamt. War verheiratet, zwei Kinder, ging jeden Tag zur Arbeit und abends heim – ganz so wie bei jedem 'normalen' Bürger. Was wohl aus Harry geworden ist ..."

„Wieso …?", murmelte der Herr, nun doch ein wenig neugierig geworden – oder vielleicht wollte er nur höflich sein.

„Wieso ich jetzt als Sandler herumlungere?"

„Nun ja ..."

„Ja, sprechen Sie's ruhig aus. Ich b i n ein Sandler. Tja ..."

„Wie ist es so weit gekommen?"

Das Interesse des Herrn war nun geweckt. Er setzte sich neben ihn auf die Bank. Und es störte keinen der beiden, dass sie von den einstweilen dichter fallenden Schneeflocken nass wurden.

„Sie hat mich verlassen – und die Kinder mitgenommen – und Harry ...“

„Oh … ein anderer Mann?“

„Ich hab' nichts gewusst, nichts gemerkt. Bis sie von einem Tag zum anderen gegangen ist.“

„Das tut mir sehr leid.“

„Muss es nicht. Ist ja nicht Ihre Schuld“, antwortete er, lachte kurz und erzählte weiter, dass er von da an zu trinken begonnen hatte und zu spielen.

„Glücksspiele?“, fragte der Herr.

„Ja, Glücksspiele. Aber das Glück war mir nicht hold. Ich habe verloren und verloren. Und weitergespielt, denn einmal musste es doch klappen. Das hat es nie, aber zur Sucht wurde es, zur verdammten Sucht. Jeden Niederschlag ertränkte ich in Alkohol ...“

„Was sich auf Ihre Arbeit nicht positiv auswirkte, nehme ich an.“

„Das drücken Sie fein aus. Ja, der Job war bald weg – wer will schon mit einem Säufer zusammenarbeiten, der immer weniger zuverlässig war. Kann ich verstehen, ich würde das auch nicht wollen ...“

„Haben Sie versucht, dagegen anzukämpfen?“

„Ja, Sie G'scheiter … immer wieder hab' ich das versucht, aber zu spät, da war ich schon zu tief drin. Und als ich nicht mal mehr die kleine Wohnung, die ich gemietet hatte, bezahlen konnte und mich schließlich die Kinder nicht mehr besuchen durften, war sowieso alles egal … keine Kinder … kein Harry ...“

„Das ist traurig ...“

„Ist's wohl. Und wie sieht Ihr Leben aus?"

„Na ja … eigentlich ganz normal."

„Frau, Kinder, regelmäßige Arbeit?"

Der Herr sieht ihn erst erstaunt und etwas reserviert an, aber dann schilderte er ihm doch, dass er mit einer geschiedenen Frau und deren Tochter und Sohn zusammenlebte.

„Schön. Wie alt sind Sie?"

„Was … wer?"

„Na, die Kinder ..."

„Ach so. Das Mächen acht, der Junge elf Jahre."

„So alt müssten auch meine beiden jetzt sein. Hab' sie vier Jahre nicht gesehen."

„So lange sind wir nun zusammen ..."

„So ist's halt. Einer hat vier Jahre Glück, ein anderer vier Jahre Pech ..."

Sie schwiegen eine Weile, jeder in seine Gedanken versunken. Der Herr brach dieses

Schweigen als Erster, stand auf und wollte gehen.

„Silvia und Harald", rief er plötzlich und fügte, als er den verdutzten Gesichtsausdruck des Herrn sah, an: „Die Namen meiner Kinder."

Nun sah dieser noch verdutzter und erklärte ihm, dass das ebenfalls die Namen seiner Stiefkinder seien.

„Zufälle gibt's", sagte er erstaunt. „S i e heißt Elvira – den Namen gibt's nicht so häufig."

Der Herr stockte, dann starrte er ihn an und er blickte fragend zurück.

„Es … es tut mir leid ...", flüsterte der Herr.

Er brauchte nur kurz, dann hatte er begriffen.

„S i e   also … S i e   haben mein Leben ruiniert ..."

„Es … wenn Sie etwas brauchen … Geld ..."

„Steck dir's wohin …! Nicht alles ist

käuflich!", schrie er wütend.

„Tut mir wirklich leid ...", murmelte der Herr nochmal und ging dann schnell weiter.

„Frohe Weihnachten", rief er hinterher. „Frohe Weihnachten ... mit m e i n e r Frau und m e i n e n Kindern ..."

Dann lehnte er sich erschöpft zurück. Ein paar Tränen stahlen sich aus seinen Augen. Das Ganze war ihm sehr nahe gegangen. Auch Sandler haben Gefühle.

„Moralischen heute?", hörte er plötzlich sagen. Einer seiner Kumpels hockte sich neben ihn und stupste ihn an.

„Ist nur die Kälte, ich sitz' schon lang da ..." Der Kumpel zog eine Flasche Schnaps aus seiner Plastiktasche und bot sie ihm an.

„Auf Heiligabend."

„Ja", murmelte er nur und nahm einen großen Schluck.

„Und jetzt kommst mit zur Weihnachtsfeier für solche wie wir in der … äh … die Halle … na ja, du weißt schon wo …"

Der Kumpel brauchte eine Weile, um ihn überreden zu können. Aber schließlich feierten sie ein bisschen Weihnachten. Unter Gleichgesinnten. Unter Obdachlosen, Sandlern, Säufern, Drogensüchtigen. Hinter jedem steckte ein spezielles Schicksal, das sie zu dem gemacht hatte, was sie waren. Aber heute war das egal. Heute hatte man Erbarmen mit ihnen. Heute durften sie zusammen feiern.

Wo sie morgen wieder die kalte Nacht verbringen sollten, wusste keiner. Aber daran dachte heute niemand. Heute war's ja warm und sie bekamen zu essen.

Er ging ins Freie, als die Glocken um 24 Uhr läuteten und von der nahen Kirche noch leise „Stille Nacht" herüberklang.

„Frohe Weihnachten … m e i n e   Kinder ...“, murmelte er und aus seinen Augen stahlen sich abermals ein paar Tränen. Aber daran war sicher nur der kalte Wind schuld.

Beziehungstraum

erinnerungsfern

Ein Heilig-Abend

Langsam setzte er sich auf. Seine Füße schlüpften in die zerschlissenen Filzpatschen, die vor dem Bett standen und seine rechte Hand griff nach dem Morgenmantel, der fein säuberlich über einer Sessellehne hing. Langsam, die Hand auf einen Stock gestützt, bewegte er sich ins Badezimmer. Als er wieder rauskam, fragte ihn der Mann, mit dem er das Zimmer teilte:

"Was ist los? Was tust du schon so früh auf?"

"Weißt du nicht, was heut' für ein Tag ist?"

"Was denn für einer?"

"Heiligabend."

"Und? Den feiern wir doch erst am Abend ... jetzt ist es sieben Uhr früh ..."

"Ja, aber sie könnten kommen ..."

"Wer?"

"Mein Sohn, die Enkel und ihre Familien ..."

Der Mitbewohner seufzte.

"Seit drei Jahren hat dich niemand besucht."

"Sie wohnen weit weg."

"Hundert Kilometer sind nicht aus der Welt."

"Letztes Jahr war jemand krank."

"Aber nicht alle."

"Sie haben Pakete geschickt."

"Ja, ja ..."

"Bei dir kommt doch auch niemand."

"Ich hab' auch niemanden mehr."

"Heute kommen sie bestimmt. Ich spür's."

Der alte Mann zog sich an und zündete die vier Kerzen am Adventgesteck an, das in der Mitte des Tisches stand.

Sein "Zimmergenosse" seufzte nochmal, dann stand ebenfalls er auf. Eine halbe Stunde später gingen sie in den Gemeinschaftsraum, um zu frühstücken.

Das Mittagessen nahmen sie heute im Zimmer ein, da der Gemeinschaftsraum für die Weihnachtsfeier am Abend festlich geschmückt wurde. Sie nahmen beide nur wenig zu sich, um beim Festmahl etwas mehr zulangen zu können. Weihnachtsmusik klang aus dem kleinen Radio und die Kerzen am Adventgesteck hatten die beiden ebenfalls wieder angezündet, um jetzt schon etwas Stimmung herbeizuzaubern.

„Siehst du, heuer hast du nicht mal Post bekommen", konnte sein Zimmerkumpel sich's nicht verkneifen zu sagen. Er war nun mal Realist, schon in jungen Jahren gewesen.

„Gutes Zeichen. Sie kommen selbst. Jetzt ist es sicher", antwortete der alte Mann und lächelte.

„Du bist ein Träumer ..."

„Solltest du auch mal versuchen."

Der „Realist" schüttelte nur verständnislos den Kopf. Träumen? Er hatte die Wirklichkeit schon immer genommen wie sie war.

„Wenn ich meine Träume nicht hätte, was dann noch …?". Der alte Mann blies die Kerzen aus und legte sich aufs Bett, ohne eine Antwort abzuwarten. Für ihn war's sowieso mehr Feststellung als Frage. Das wusste sein Gegenüber und legte sich ebenfalls zum Mittagsschläfchen hin.

Um halb fünf Uhr Nachmittag nahmen alle Altersheimbewohner im festlich dekorierten Gemeinschaftsraum Platz. In der Ecke beim großen Fenster war ein Christbaum mit bunten Kugeln, Nüssen, roten Äpfeln, Lebkuchen und Strohsternen geschmückt worden. Elektrische Kerzen ließen die Kugeln glänzen. Daneben, auf einem kleinen Tisch, stand eine Krippe mit selbstgeschnitzten und bemalten Figuren. Weiße Tischdecken zierten die Tische, in deren Mitte jeweils ein nach frischen Nadeln duftendes Gesteck mit einer Kerze drauf stand. Sogar auf die Fensterscheiben waren mit weißem Kunstschnee Sterne gesprüht.

Der „Hauspfarrer", der ebenso jeden Sonntag für die betagten Menschen Zeit hatte, zelebrierte die Messfeier. Doch der alte Mann, ansonsten stets andächtig den Worten des Pfarrers lauschend, war heute unruhig. Immer wieder blickte er zur Eingangstür und als der Pfarrer das Weihnachtsevangelium verlas und vom Kind in der Krippe erzählte, da schweiften seine Gedanken vollends ab. Er dachte an seine eigenen Kinder, Enkel und Urenkel und dass ihr Erscheinen bei ihm persönlich genausoviel Freude auslösen würde wie das Gedenken an die Geburt von Jesus.

Sogar die Weihnachtslieder sang er nur bruchstückhaft mit, obwohl er die Texte alle konnte und immer gerne gesungen hatte. Und als eine Gruppe Volksschulkinder ein Hirtenspiel vorführte, waren seine Gedanken noch mehr bei seinen Nachkommen.

Beim Festmahl stocherte der alte Mann nur herum, von den Keksen kostete er, der ansonsten trotz seines Alters noch sehr vernascht war, nur wenig. Nicht mal über das Geschenk der Heimleitung – ein Paar warme Hausschuhe, die er sich bereits lange gewünscht hatte – konnte er sich so richtig freuen. Es fehlte einfach etwas. Etwas fehlte ganz und gar. Schließlich konnte er die heitere Feststimmung nicht länger ertragen. Er ging auf sein Zimmer und wartete.

„Sie kommen sicher bald", murmelte er dabei vor sich hin.

Später, es war neun Uhr abends vorbei, kam sein Zimmer-Mitbewohner.

„Was bläst du hier alleine Trübsal? Du kennst doch deine Verwandten ...“

„Sie kommen. Ich spür's. Vielleicht … vielleicht morgen am Christtag. Ja, das wird's sein! Sie kommen am Christtag. Ist doch logisch! Ist ja erst der richtige Feiertag“, fügte er noch, mehr für sich selbst, hinzu. So konnte er noch einen Tag hoffen … und träumen.

Sehnsuchtsherz

altersschmerzend

Das Kind in der Krippe

"Ich will es nicht! Ich lass es wegmachen", kreischte Karin ihre Eltern an.

Weiß der Teufel, woher die wussten, dass sie schwanger war. Sie selbst wusste es ja erst seit einer Woche sicher.

Nachdem sie den ersten Schock überwunden hatte, erzählte sie es ihrem Mann. Ernst reagierte überrascht. Weder positiv, noch negativ, sondern einfach nur überrascht. Sie waren erst fünf Monate verheiratet und beide noch jung mit ihren ein- und dreiundzwanzig Jahren. Beider Eltern hatten von so einer jungen Ehe abgeraten, aber sie hatten sich durchgesetzt. Kinder waren noch kein Thema für sie gewesen. Ernst arbeitete als Elektroverkäufer und hatte die Chance, in zwei Jahren zum Filialleiter aufzusteigen. Karin war

Friseurin und wollte im nächsten Jahr die Meisterprüfung ablegen. Sie hatten eine kleine Wohnung gemietet, gingen oft mit Freunden aus und freuten sich schon auf die vielen Reisen, die sie geplant hatten. An eigene Kinder wollten sie, wenn überhaupt, frühestens in sechs Jahren denken. Und nun das!

Wenn ich den erwische, der die Pille erfunden hat, wenn sie doch nichts nützt, dachte Karin voll Zorn, als sie vom Arzt nach Hause ging.

Den Eltern wollten sie es eigentlich nicht erzählen, denn deren Einstellung kannten sie. Abtreibung war da zutiefst verpönt.

„Du tötest Leben", sagte Karins Mutter noch verhältnismäßig ruhig.

„Das ist noch kein Leben!", schrie Karin.

„Ab dem Zeitpunkt der Befruchtung ist es Leben. Nach ein paar Wochen schlägt bereits ein Herz." Ihre Mutter versuchte sachlich zu bleiben.

„Es ist m e i n Bauch!"

„Daran hättest du früher denken müssen."

Es war sinnlos, mit ihrer Mutter zu diskutieren. Sie hatte ihre feste Überzeugung und Karin ebenso. Karins Vater sagte nichts. Er blickte sie nur mit traurigen Augen an, was Karin jedoch näherging, als wenn er getobt hätte. Ernst war ihr sowieso keine Hilfe, obwohl der doch einer Abtreibung zugestimmt hatte, als sie allein darüber gesprochen hatten.

Als sie nach Hause fuhren, meinte Ernst plötzlich: „Was meinst du, ob wir das Baby nicht doch bekommen sollten?"

Karin starrte ihn entgeistert an. „Sag mal, spinnst du? Du hast doch selbst gesagt … wir waren uns doch einig!?"

„Ich meine ja nur. Ob jetzt oder später ..."

„Was?! Meine Eltern haben dir wohl das Gehirn vernebelt. Was wird aus unseren Reisen?"

„Verschieben wir."

Karin sagte nichts mehr. Sie war zu empört, um noch mal was zu sagen.

Am nächsten Tag ging sie zum Arzt und ließ sich einen Termin zur Abtreibung geben. Schweigend legte sie am Abend den Terminzettel auf Ernsts Teller. „21. Dezember" stand darauf. Ernst schwieg ebenfalls, als er es gelesen hatte. Er legte den Zettel nur beiseite und aß dann. Sie sah ihn erwartungsvoll an, aber er blickte nur einmal vom Essen auf, sein Blick verweilte kurz nachdenklich auf ihrem Gesicht und – das war's schon. Noch vier Wochen bis zum Termin. Noch ein paar Wochen Bedenkzeit, hatte der Arzt gesagt.

Aber für Karin gab es nichts mehr zu bedenken.

Der Alltag verlief wieder wie gewohnt. Beruflich wie privat. Ernst sprach nicht über die Abtreibung und so schnitt ebenso Karin das Thema nicht an.

Am dritten Adventsonntag besuchten Karin und Ernst die Hl. Messe. Nach der Messe, als alle Leute gegangen waren, zündeten sie noch eine Kerze an. Dazu mussten sie bis nach vorne gehen und da bemerkten sie, dass bereits die große Krippe aufgestellt war.

„Merkwürdig", sagte Karin zu Ernst, „die wird normalerweise erst an Hl. Abend aufgestellt."

Ernst zuckte nur die Schulter. „Werden schon einen Grund haben."

Karin sah sich die Krippe genauer an. Als ihr Blick auf das Kind fiel, strich sie sich unwillkürlich über ihren Bauch. Und das Antlitz des Kindes in der Krippe schien ihr plötzlich so lebendig, dass sie tief im Inneren davon berührt wurde.

Auch am nächsten Tag ging ihr dieser Ausdruck nicht aus dem Sinn und sie machte sich Gedanken, was ihr Baby wohl für Gesichtszüge haben würde. Über diese Gedanken erschrak sie selbst.

Werd' ich jetzt verrückt? Bin froh, wenn ich die Abtreibung endlich hinter mir habe.

Eine Woche später gingen sie wieder zur Messe. Schulkinder führten ein Weihnachtsspiel auf.

„Ach deshalb steht die Krippe wohl schon da, die mussten ja proben", flüsterte Karin Ernst zu. Dieser nickte.

Sie hatten die Kirche bereits verlassen, als

Karin auf einmal sagte: „Komm, lass uns nochmal reingehen."

„Warum?"

„Nur so."

Er tat ihr den Gefallen.

Auf einmal ging Karin ganz schnell, als würde sie gezogen. Vor der Krippe blieb sie stehen. Noch ausdrucksvoller fand sie heute die Gesichtszüge des Kindes. Ganz ernst kam es ihr vor, doch plötzlich schien es zu lächeln, ja gar zu strahlen.

Was ist das nur? Warum berührt mich das so tief?

Erst als Ernst sie am Arm zupfte, wandte sie ihren Blick ab. „Willst du hier übernachten?", fragte er. Sie gab keine Antwort.

„Hast du Angst?", fragte Ernst am Tag vor dem Abtreibungstermin.

Karin schüttelte verneinend den Kopf.

„Ich komme mit, wenn du möchtest."

„Nein! Auf keinen Fall!"

Am nächsten Tag, als Ernst von der Arbeit kam, rief Karin ihm gleich entgegen: „Musste verschoben werden, der Termin."

Sie versuchte vergeblich, das Leuchten in ihren Augen zu verbergen.

„Ach ...", entfuhr es Ernst, und Karin konnte nicht deuten, ob es ein erfreutes oder ein enttäuschtes „Ach" war.

Den Heiligen Abend wollten Karin und Ernst alleine verbringen. Die Verwandtenbesuche sollten am 25. drankommen. Karin hatte einen kleinen Baum geschmückt. Sie sangen sogar ein paar Weihnachtslieder. Beim Essen schob Karin Ernst ein Kuvert, umwickelt mit roten Schleifen, hin.

„Was, wir wollten uns doch nichts schenken."

„Das wird dir bestimmt gefallen."

Ernst öffnete das Kuvert und zog einen Zettel heraus. Es war der Zettel, auf dem „21. Dezember" stand. Aber nun war das Datum dick und rot durchgestrichen. Ernst sah Karin fragend an.

„Nicht verschoben. Abgesagt", sagte sie und diesmal verbarg sie das Leuchten in ihren Augen nicht mehr.

Traumeskinder
tränenreich

weihnachts-
tierisch

Die Geburt, die war schon nah',

Ochs' und Esel standen da,

hörten ehrfurchtsvoll den ersten Schrei,

wurden ganz, ganz sanft dabei.

Seither wünscht sich jedes Tier

ein friedlich Plätzchen auf Erden hier.

Gina, die zur Weihnacht kam

Seit den frühen Morgenstunden schon, sah Andrea sie da sitzen. Das buschige schwarze Fell bot einen Kontrast zum verschneiten Garten. Ihr war, als würden die Blicke aus den großen smaragdfarbenen Augen der Katze sie regelrecht durchdringen. Sie mochte keine Katzen, das Mystische, fast Unheimliche, das diese umgab, machte ihr Angst.

Als ihr Mann und die Kinder zum Frühstück kamen, seufze Andrea leise. Der zehnjährige Markus, die achtjährige Anna, ja sogar ihr Mann Robert, wünschten sich schon lange so einen schnurrenden Stubentiger. Doch diesen Wünschen hatte sie stets ein schnelles Ende bereitet, indem sie einfach nicht drauf einging. Und nun saß da diese Katze im Garten und wenn die Kinder sie sahen, dann ...

"… ein Kätzchen …", hörte sie da ihre Tochter sagen und blitzschnell kam aus ihrem Mund: "Die bleibt draußen. Ihr holt sie nicht rein. Verstanden!?"

Robert und die Kinder sahen sie verdutzt an. Sie hatten bereits den Tisch abgeräumt und mit einem Brettspiel begonnen. Andrea hatte dies gar nicht bemerkt. Markus reagierte als Erster und lief zum Fenster.

"Da ist ja gar keine Katze." Das klang enttäuscht. Auch Anna sah nach und kehrte ebenso enttäuscht zum Tisch zurück.

"Tja ... äh ... darf ich mitspielen ...?", stammelte Andrea verlegen, aber Markus belehrte sie: "Ach Mama, doch nicht mitten im Spiel." Sie lächelte, zuckte mit den Schultern und ging schnell rauf in die Schlafzimmer, um sich mit Betten machen abzulenken. Als sie auf dem Balkon stand und die kalte, würzige

Dezemberluft einatmete, war jedoch die Katze wieder da und blickte mit großen Augen zu ihr herauf. Sie miaute nicht, maunzte nicht, saß nur da und starrte. Andrea erschrak. Schnell machte sie die Betten und hoffte, die Katze würde so lautlos verschwinden, wie sie erschienen war.

Die Kinder liefen nun öfter zum Fenster, um die dicken Schneeflocken zu bewundern, die jetzt ebenfalls lautlos vom Himmel wehten. Aber nie erwähnten sie die Katze. Doch riskierte Andrea dann und wann einen verstohlenen Blick, war die Katze immer da und blickte ihr mit ihren runden Augen geradewegs ins Gesicht.

Als sie gemeinsam das Haus verließen, um einkaufen zu gehen, drehte Andrea ihren Kopf nach links und rechts und ...

"Was suchst du denn?", fragte Robert.

Sie zuckte zusammen. "Äh nichts ... da ist doch nichts oder?"

Robert schüttelte verwundert den Kopf und die Kinder waren sowieso schon zum Auto gelaufen und wischten den Schnee ab. Niemand außer ihr schien die schwarze Katze zu bemerken, die wiederum da hockte, als Andrea sich noch einmal umdrehte.

Nach dem Mittagessen schickte Andrea Robert mit den Kindern weg und machte sich ans Christbaumschmücken. Das geheimnisvolle Tier saß im Garten und machte sie nervös. Schließlich klapperte sie die gesamte Reihenhaussiedlung ab, doch niemand wusste, wem eine Katze, auf die diese Beschreibung passte, gehören könnte.

Andrea traf weiter Weihnachtsvorbereitungen. Dann und wann dazwischen ein Blick in den

Garten. Sie war da, jedes Mal. Geduldig, ruhig, als würde sie auf etwas warten, mit Augen, die stets noch ausdrucksvoller schienen, so klug und so wissend. Andrea fühlte sich zunehmend fasziniert, doch damit konnte sie noch nicht so recht umgehen.

Als sie zum Briefkasten am Gartenzaun ging, saß die Katze an ihrem gewohntem Platz. Andrea holte die Post raus, und als sie zurück ins Haus wollte, saß das Tier plötzlich vor der Eingangstür. Andrea stockte kurz, dann schritt sie auf die Tür zu, blieb kurz davor stehen. Die Katze bewegte sich nicht, sah sie nur aus großen Smaragd-Augen an. Andrea schluckte, sah sie ebenfalls an und eigenartiger Weise schwand langsam die Angst von ihr.

Später machten sie sich alle zusammen auf den Weg zur Kindermette. Keine Katze war zu sehen, als die Familie das Haus verließ, doch als Andrea nochmals zurückblickte, saß sie wieder vor der Eingangstür und es ergriff Andrea ein Gefühl, als ob sie jemand Vertrauten zurückließ. Während der Messe wanderten ihre Gedanken immer wieder zu der Katze. Sie wollte diese Gedanken abschütteln, doch es half nichts. Dann, beim Verlassen der Kirche sah sie das Tier neben dem Kirchentor sitzen, was abermals niemand anders zu bemerken schien.

Vor sich hingrübelnd, so dass sie das Geplänkel ihrer Kinder und auch Roberts gar nicht mitbekam, schlich Andrea heimwärts. Und erschrak, als die Katze vor der Haustür saß, aber diesmal war es ein freudiger Schreck. Ihre Lieben stürmten hinter ihr in den Garten und Gina, wie sie die Katze plötzlich in Gedanken nannte, war weg.

Sie bereitete das Abendessen zu und sah immer wieder zum Fenster raus, unbemerkt von ihrer Familie, die sich wieder dem Spielen gewidmet hatte, doch Gina war wie verschwunden.

Das Glöckchen klingelte und die Kinder stürmten ins weihnachtliche Zimmer. Erst wurden Weihnachtslieder gesungen, dann las Markus eine Geschichte vor. Doch während der Bescherung tönte plötzlich ein lautes Miauen von draußen herein. Trotz des Lärms, den die Kinder beim Geschenkeauspacken machten, hörten es alle.

Anna lief als erste zur Tür und machte auf. Die Katze spazierte gemächlich herein. Ganz selbstverständlich, als gehörte sie schon immer hierher und wäre nur kurz draußen gewesen. Andrea musste lächeln.

"Das ist Gina", sagte sie nur und während die

anderen sie erstaunt ansahen, bückte sie sich und streichelte das kuschelige Tier.

"Gehört die jetzt uns?", fragte Anna.

"Ja", antwortet Andrea, "sie hat sich uns ausgesucht."

Geheimniswert

katzenschlau

Fritzi, das Rehkitz

Das Rehkitz Fritzi war heute besonders guter Laune. Übermütig sprang es im frischen Schnee herum. Es liebte es, wenn der Pulverschnee in die Höhe stob und anschließend weich auf ihn herabfiel. Dann stupste es mit der Nase in das Weiß und genoss die kühle Feuchtigkeit. Sein graubraunes, zottiges Winterfell schützte es vor der Kälte. Es war Anfang Dezember und Fritzi liebte die weihnachtliche Stimmung in diesem Monat. Denn obwohl hier im Wald keine so hektische Betriebsamkeit herrschte wie bei den Menschen in den Dörfern und Städten und auch kein Schmuck und keine Lichterketten zu sehen waren, so konnte man doch spüren, dass bald Weihnachten kam, viel besser sogar. Es lag einfach etwas in der Luft, fand Fritzi. Weiters liebte Fritzi den Dezember, da er erst der Beginn der Winterzeit war und nun ein paar Monate weiße Pracht vor ihm lagen. Nur – leider teilte keiner aus Fritzis Familie diese Liebe mit ihm. Dies trübte Fritzis Stimmung ein wenig, denn es wäre natürlich noch schöner, mit den Eltern und Geschwistern herumtollen zu können. Geteilte Freude wog bekanntlich doppelt so viel. Doch so musste er eben alleine herumtoben. Nur einen Freund hatte er, der sich manchmal zu ihm gesellte. Es war dies Gämschen. Das Rudel, in dem Gämschen lebte, musste im Winter stets vom Hochgebirge, wo es den Sommer verbrachte, in den Wald herabsteigen, um Futter zu finden. Fritzi freundete sich mit der kleinen Gämse an - erstens, da er einen Freund suchte und zweitens, weil ihm Gämschens Winterfell so gut gefiel. Speziell an den Wangen, da sah es nämlich aus wie Schnee. Gämschen spielte also ab und zu mit Fritzi, weil er ihn ebenfalls gerne mochte – nur den Schnee nicht, diese Leidenschaft konnte er nicht mit Fritzi teilen.

„Wie kann er nur so aus der Art schlagen?", seufzte die Mutter oftmals und hoffte insgeheim, dass die zwei Kitze, die sie zur Zeit trug und die im Frühjahr auf die Welt kommen würden, ganz normal waren. Vater Rehbock, der Anfang Dezember sein Geweih abgeworfen hatte, damit ein neues nachwachsen konnte, sah Fritzis Verhalten etwas gelassener.

„Lass ihm doch die Freude. Je älter er werden wird, desto artgerechter wird er sich verhalten."

Die Rehgeiß seufzte daraufhin abermals und zog sich in ihren Lieblingswinkel zurück, denn solange sie trächtig war, war sie gerne alleine.

So rückte die Weihnachtszeit immer näher.

Fritzi genoss den herrlichen Schnee, der dieses Jahr besonders reichlich vorhanden war, bis er eines Tages fürchterliche erschrak. Eben tollte er wieder herum und hüpfte hoch, um einige Flocken zu erhaschen, als plötzlich, nur zwei Meter entfernt, etwas neben ihm vorbeihuschte.

Was war das?

Fritzi stand wie erstarrt, reckte seinen Kopf und war auf der Hut. Und da war es wiederum. Menschen! Menschen auf langen Brettern und mit Stecken in den Händen, sausten durch den Wald.

Durch seinen Wald! Er konnte es nicht fassen. Das war doch noch nie gewesen, dass sich in dieser Gegend Menschen aufhielten. Sogar im Sommer hatte sich nur ab und zu ein Wanderer hierher verirrt. Er sprang zu seinen Eltern und erzählte aufgeregt, was er gesehen hatte. Die

Mutter blickte nur still mit geneigtem Kopf vor sich hin.

„Ja, ich habe es auch erst heute erfahren. Die Menschen haben zwei Skigebiete zusammengeschlossen, um noch mehr Hänge für ihr Freizeitvergnügen nützen zu können. Für uns bedeutet dies, dass wir wegziehen müssen, weil wir nun hier nicht mehr sicher sind", erklärte Vater traurig.

„Weg?! Aber ... aber ..." Fritzi konnte es nicht fassen. Weg aus seinem geliebten Wald, weg von seinem einzigen Freund Gämschen?

„Aber ... wohin?"

„Wir werden einen Platz finden. Morgen früh ziehen wir los."

„Morgen? Aber morgen ist doch ... ist doch ..."

„Ich weiß."

Fritzi versuchte, tapfer zu sein. Die Tränen zurückhaltend, rannte er los, sprang nochmals durch seinen Wald, suchte Gämschen, um sich von ihm zu verabschieden. Gämschen schniefte. „Mit wem soll ich jetzt spielen?", fragte er, doch Fritzi blickte nur traurig.

„Meinst du ... meinst du, wir müssen ebenso wegziehen?"

„Weiß nicht", antwortete Fritzi.

„Das ... das wäre vielleicht gar nicht schlecht ... wenn wir an den gleichen Platz kämen wie ihr."

„Ja ... ja! Das wäre schön!", rief Fritzi aus, aber so recht daran glauben konnte er nicht.

„Aber ...", fiel es Gämschen ein, „aber wir wollten doch … morgen Nacht ..."

„Ja ... die Glocken ... unsere Heilige Nacht ..." Und dann tollten sie wild herum wie nie zuvor. Und je mehr Fritzi mit Gämschen spielte, desto zorniger wurde er auf die Menschen.

„Was gibt ihnen nur das Recht, uns unseren

Lebensraum zu nehmen?"

„Ich weiß nicht. Sie sind mächtiger als wir."

„Dann müssten sie ihre Macht doch einsetzen, um die Natur zu erhalten. Papa hat gesagt, dass der Mensch genauso die Natur braucht wie wir, um leben zu können."

„Warum zerstört er sie dann?"

„Ich weiß nicht. Mama sagt, Menschen sind schwer zu verstehen, sie handeln oft so unberechenbar."

"Ich versteh sie gar nicht."

„Ich auch nicht."

Dieses Mal spielte er mit Gämschen ein bisschen länger als ansonsten. Ja, bis spät in die Nacht hinein blieben sie zusammen, um jede noch bleibende Minute zu nützen.

Früh ging die Reise los, um dann tagsüber eine Pause einzulegen. Erst in den Abendstunden wurde weitergegangen. Fritzi lauschte dann und wann und wartete.

Und schließlich hörte er, wie unten aus einem Dorf die Weihnachtsglocken heraufklangen, während sie durch den verschneiten Wald zogen.

Seelentier

pfiffigweich

Fritzis neue Heimat

Letztes Jahr, genau an Heilig-Abend, musste Fritzi, das Rehkitz, seinen Heimatwald verlassen. Die Menschen hatten zwei Skigebiete zusammengeschlossen und durch Fritzis Wald waren plötzlich Menschen auf zwei Brettern gesaust, ohne Rücksicht darauf, dass Fritzi erschrocken hinter einem Baum hervorlugte, nicht wusste, was da los war und Angst hatte.

Nun war bereits ein Jahr vergangen und Fritzi hatte sich ganz gut eingelebt im neuen Wald. Nur seinen Freund Gämschen vermisste er immer noch sehr. Zwar hatte er hier auch einen Freund, besser gesagt, eine kleine Freundin gefunden, doch Gämschen war nun mal Gämschen. Nur eines hatte seine neue kleine Freundin Gämschen voraus. Sie tollte ebenso gerne im Schnee herum wie Fritzi. Diese Leidenschaft hatte Gämschen nicht mit Fritzi teilen können. Doch Itti, die kleine freche Schneemaus, wuselte am liebsten Tag und Nacht herum, Schlaf brauchte sie wenig.

Fritzi hatte Itti im Frühjahr kennengelernt, als sie gerade mal drei Wochen alt war. Schneemäuse werden nämlich bereits im Alter von drei Wochen selbstständig und die quirlige Itti hatte dies gleich ausgenützt, um die gesamte Umgebung zu erforschen. Sogar in einige Almhütten war sie schon eingedrungen, da kannte sie keine Angst. Diese Lebhaftigkeit war selbst Fritzi manchmal zu viel. Aber ansonsten war er froh über seine Freundin, denn seine Geschwister, die ebenfalls im Frühjahr auf die Welt gekommen waren, machten sich nichts aus dem Schnee.

Mit denen kann man nichts anfangen, dachte

Fritzi oftmals und war ein bisschen enttäuscht von seinen Geschwistern, auf die er sich vorher schon gefreut hatte.

„Warum muss er nur so aus der Art schlagen", fragte die Mutter Rehgeiß von Zeit zu Zeit. Diesmal wusste Vater Rehbock keine tröstende Antwort mehr. Hatte er letztes Jahr noch geantwortet, dass Fritzi sich schon umso artgerechter verhalten würde, je älter er würde, so wusste er sich heuer keinen Rat mehr. Fritzi hatte sich im Sommer keine Partnerin gesucht, obwohl er doch bereits geschlechtsreif gewesen wäre und dies entsetzte seinen Vater sehr. Hatte er Fritzis Schneeliebe noch als jugendliche, wenn auch für Rehe ungewöhnliche Albernheit abgetan, so war er jetzt wirklich sehr niedergeschlagen von Fritzis eigenartigem Verhalten.

An diesem Weihnachtsmorgen tollte Fritzi wieder mit Itti im Schnee herum. Itti kam übrigens von Brigitte und dessen Abkürzung Gitti. Doch sobald Itti ein wenig Ahnung vom Leben bekommen hatte, lehnte sie diesen Namen ab.

„Ist doch ein menschlicher Name. Was habt ihr euch dabei gedacht?", hatte sie lautstark ihre Eltern angepiepst.

„Aber ein schöner Name", hatte die Mutter verträumt zurückgepiepst.

„Und er passt zu dir. Wir wollten was Besonderes", hatte sich ihr Vater stolz gesagt.

„Aber er ist menschlich! Ein menschlicher Name! Wie könnt ihr nur?! Ich hasse Menschen!"

„Wieso denn?", hatten die Eltern wie aus einem Munde gefragt.

„Ja lebt ihr denn hinter dem Mond? Wisst ihr

nicht, was Menschen uns Mäusen alles antun?"

„Uns Schneemäusen doch nicht. Die bekommen uns ja kaum zu sehen. Außerdem finden sie uns niedlich. Da brauchst du dir wirklich keine Sorgen zu machen", hatte Vater erklärt und Mutter zustimmend genickt.

„Typisch. Ihr denkt nur an euch. Ja, wir leben weiter heroben, zwischen Steinen und Wurzeln von Latschen und Almrosengebüsch. Und wir haben ein helles Fell, teilweise sogar weiß. Aber was ist mit unseren grauen Verwandten, die unten in den Dörfern leben? Gequält, gefangen und getötet werden die. So grausam sind Menschen. Und rassistisch dazu. Ist doch egal, ob eine Maus ein weißes oder graues Fell hat!", hatte es geschrien und war davongehuscht. Hinaus in die frische Luft.

Nun war also wieder ein Weihnachtsmorgen

und Fritzi und Itti genossen die Ruhe im Wald.

Für Fritzi war es ja das zweite Weihnachten und er erzählte Itti, wie er sich letztes Jahr mit Gämschen schon auf die Glocken gefreut hätte, die in der Nacht vom Dorf heraufklangen und den Wald mit ihrem Weihnachtsklang erfüllten – davon hatten sie nämlich viel gehört gehabt. Doch dann hatten Fritzi und seine Familie wegziehen müssen. Und Fritzi hatte zwar die Weihnachtsglocken gehört, während sie durch den Wald gezogen waren, doch richtig genießen hatte er sie nicht können. Aber heuer wollte er das, mit Itti.

„Aber jetzt ist es noch früh. Komm, hinter der Almhütte dort drüben führt ein Weg weg, den bin ich noch nie gegangen. Lass uns schauen, wohin er führt." Und schon sprang sie voraus.

Fritzi seufzte. Das war's wohl mit der Ruhe am Weihnachtsmorgen. Aber wenigstens verging die Zeit schneller, bis er die Glocken wieder hören konnte.

Er sprang Itti nach. Der Weg hinter der Almhütte führte ein Stückchen bergauf, zweigte dann nach rechts in den Wald ab, nach einigen Metern nach links und später abermals nach rechts. Und dann ... führte er aus dem Wald hinaus und ... Fritzi stand plötzlich wie erstarrt, während Itti herumwuselte und das neue Umfeld erschnupperte. Da waren sie wieder! Menschen auf langen Brettern. Nur ein paar Meter weiter sausten sie den weißen Hang hinunter.

„Nein! Nein", schrie Fritzi, drehte sich um und lief davon.

„Was ist los?", rief Itti, als sie ihn eingeholt hatte.

„Nicht schon wieder! Nicht schon wieder ...", schluchzte Fritzi.

Itti schaute ihn verständnislos an.

„Die Menschen ... die Ski ...“

„Ja schrecklich. Menschen! Ich mag sie auch nicht.“

„Du verstehst nicht ... letztes Jahr habe ich auch Menschen auf langen Brettern gesehen und dann mussten wir weg ... ich will nicht schon wieder wegziehen!“

Er kümmerte sich nun nicht mehr um Itti, sondern lief immer schneller, bis er zu Hause war.

„Vater, Mutter! Ich hab' sie wieder gesehen. Ich geh' aber nicht weg ... ich geh' aber nicht weg ...!“, rief Fritzi aufgeregt. Die Geschwister blickten ihn verdutzt an.

„Was hast du gesehen?“, wollte der Vater wissen.

„Die Menschen ... auf diesen Brettern ...“

Die Eltern wechselten einen wissenden Blick.

„Was hast du nur so weit weg zu suchen?", interessierte nun die Mutter.

„Aber ... ich ... so weit war's ja gar nicht", stammelte Fritzi.

„Weit genug. Reicht dir die Umgebung hier nicht? Hier bist du sicher", entgegnete der Vater.

„Ja aber ..."

„Kein aber! Weiter drüben ist ein Skigebiet, das stimmt. Wir haben es dir nicht gesagt, weil wir dich nicht beunruhigen wollten. Aber hier herüber kommen die Menschen nicht. Hier sind wir sicher", betonte der Vater nochmals.

„Dann ... dann müssen wir nicht wieder wegziehen?"

„Müssen wir nicht."

„Aber ... wenn wieder zwei Skigebiete zusammengelegt werden ... oder ... vergrößert ..."

„Wird es nicht", fiel ihm der Vater schnell ins Wort.

"Bist du da sicher? Kannst du's mir garantieren?"

Die Eltern wechselten wieder einen Blick.

„Nein", sagte dann der Vater ernst, „garantieren kann ich es nicht."

Fritzi war froh über die ehrliche Antwort, obwohl sie ihn etwas niedergeschlagen machte. Doch überwiegte die Freude darüber, dass sie nicht weg mussten und zumindest die Hoffnung bestand, hier für immer leben zu können.

Er lief wieder zu Itti, die ihm bereits auf halbem Weg entgegenkam.

„Da bist du ja. Ich hab' mir Sorgen gemacht", piepste sie.

„Brauchst du nicht."

„Das heißt ... du musst nicht weg?"

„Ich muss nicht weg", bestätigte Fritzi und kostete das wunderbare Gefühl aus, diesen Satz sagen zu können.

Und in der Nacht dann standen die beiden auf dem gefrorenen Schnee und lauschten ehrfürchtig den Weihnachtsglocken, die vom Dorf herauf und von den Dörfern weiter weg herüberklangen. Und es lag etwas Besonderes in der Luft.

Waldesnest

tiervertraut

weihnachts-
herbergsfremd

Während vor dem Fenster
die Schneeflocken wirbeln,
fallen Regentropfen in mein Inn'res.
Leer, kahl, Glockenklang.
Und immer wieder das Stechen
der Sterne in mein Herz.

Herbergsuchen –
irgendwo auf dieser Welt

Steinig, staubig und weit war der Weg, irgendwo auf dieser Welt. Aber ihn zu gehen, war die einzige Chance, um – vielleicht – zu überleben. Dabei wäre es ihr persönlich egal gewesen, so sehr war ihre Hoffnung auf eine bessere Zukunft – irgendwo auf dieser Welt – bereits gesunken. Besonders seit ihr Mann verschleppt worden war und sie nicht mehr wusste, ob er überhaupt noch lebte. Da wäre sie auch lieber gestorben. Aber da war das Kind in ihr und dieses neue Leben würde bald in die Welt drängen. Deshalb musste sie jede noch so winzige Chance nützen, das war sie ihrem Kind schuldig.

Unzählige Kilometer lagen bereits hinter ihr und von Tag zu Tag wurde ihr Gang langsamer. Freundinnen stützten sie, wenn sie glaubte, gar nicht mehr zu können und richteten sie wieder auf, wenn sie fiel.

Die Grenze ihres Heimatlandes lag schon hinter ihr. Ein Auffanglager in einem fremden Land – irgendwo auf dieser Welt. Hier konnte sie drei Tage und Nächte bleiben. Eine Freundin erkämpfte etwas zu essen und einen Schlafplatz für sie in dem überfüllten Zelt. Dann musste sie weiter. Sie und viele andere wurden auf Lkws verladen und weggefahren. Einen ganzen Tag lang, bis zum späten Abend. Abermals ein Lager mit Zelten – irgendwo auf dieser Welt. Am nächsten Tag sollte es weitergehen, per Flugzeug, wieder in ein anderes Land. Aber es kam niemand, um sie abzuholen. Später erfuhr sie, dass das Land, in das sie gebracht werden sollte, keine weiteren Flüchtlinge mehr aufnehmen wollte. Das

Kontingent wäre absolut überfüllt. Kein Platz in einem Land – irgendwo auf dieser Welt – in dem der Überfluss weggeschmissen wurde. Illegale, die aufgegriffen wurden, kamen in Schubhaft oder wurden sofort abgeschoben. Illegale - Menschen mit der vagen Hoffnung auf ein halbwegs menschenwürdiges Leben, da ihnen legal jede Chance genommen wurde.

Am Abend dieses Tages brachte sie ihr Kind zur Welt – irgendwo auf dieser Welt. In einer Ecke im Lager, allein, nur mit einer Freundin, die ihr zu helfen versuchte, so gut sie eben konnte. Einer der Flüchtlinge spendete eine Decke. Mehr konnte nicht entbehrt werden, denn es war kalt im Zelt und das Warten würde noch lange dauern. Dann hörten sie Glocken läuten. Von weiter weg klangen sie – kaum noch hörbar – herüber. Denn es war ja Weihnachten – überall auf dieser Welt …

Neue Heimat

Der Schnee knirschte unter seinen Füßen, als er den kleinen Weg entlang stapfte, der ihn aus dem Wald hinausführte. Er hatte Zweige und Zapfen gesammelt, um die kleine Wohnung heimelig zu gestalten. Die Plastiktasche, die er damit gefüllt hatte, trug er in der einen Hand, mit der anderen klaubte er größere Zweige auf, die sich am Wegesrand noch finden ließen. Trotz der Handschuhe waren seine Hände fast steif vor Kälte, doch das machte ihm nichts aus. Als die ersten Schneeflocken fielen und das fahle Licht des Neumonds die Dämmerung durchbrach, war er bereits am Waldesrand angelangt und konnte schon die Lichter des beschaulichen Bergdorfes sehen, das seit einiger Zeit seine Heimat war. Nicht mehr lange, dann war er angekommen.

Angekommen – er hielt kurz inne und sagte sich dieses Wort laut und langsam vor. Angekommen – das war ein Gefühl, das er schon lange nicht mehr gespürt hatte. Angekommen, Heimat, zu Hause sein. Tränen liefen ihm über die Wangen und doch lächelte er. Und dann lachte er, ganz kurz nur, aber lautstark.

In ein paar Tagen kam seine Familie und dann würden sie nach Monaten quälender Ungewissheit endlich wieder zusammen sein. Seine Frau, Tochter, Sohn und das das noch Ungeborene, das nun in Sicherheit zur Welt kommen durfte. Das sie umsorgen konnten, ohne Angst vor Übergriffen, Willkür und Gewalt haben zu müssen. Das sie beschützen konnten.

In ein paar Tagen – in ein paar Tagen feierte man hier Weihnachten. Auch für ihn und seine

Familie würde in ein paar Tagen ein Festtag der Liebe sein. Ein Zeitpunkt, an dem sie beginnen konnten, das hinter sich gelassene Grauen zu verarbeiten und die schrecklichen Bilder, die wohl ein Leben lang immer wieder auftauchen würden, hinter sich zu lassen und durch schöne so gut wie möglich zu ersetzen. Und – sich irgendwann geborgen fühlen zu können.

Während er sich durch den mittlerweile heftigen Schneefall das letzte Stück Weg bahnte, dachte er über Religion nach. Christ, Muslime, Jude, Buddhist, Hindu oder was immer – war es nicht egal, welchem Glauben man anhing? Wichtig waren doch die Werte, die Achtung vor der Schöpfung und dem Leben, das Respektieren der Mitmenschen, ihre Andersartigkeit, ihre Würde. War sowieso so eine Sache mit den Religionen. Warum gab es so viele verschiedene? Das war für ihn unlogisch, konnte es doch nur eine einzige Wahrheit geben, eine, die für alle Menschen gültig war. Mit von Menschen hervorgebrachten Religionen – männerdominierend, wie seine Frau oft zu behaupten pflegte -, die einem Zwänge auferlegten und in eine bestimmte Denkschiene stecken wollten, konnte er so gar nichts anfangen. Um das Göttliche spüren zu können, um Vertrauen in eine alles umfassende Allmacht zu haben und Kraft in ihr tanken zu können, dazu brauchte es für ihn keine auferlegte Religion. Und mit Religionen hatte er sich lange befasst, war eingetaucht in unterschiedliche Ansichten, hatte Weisheiten und Unwahres, Friedvolles und Fanatismus entdeckt – alles zusammen in fast jeder Religion. Umso mehr Widersprüchliches er festgestellt hatte, desto unbegreiflicher wurde es für ihn, dass jede Religion die einzige Wahrheit für sich beanspruchte und deshalb war er zu dem Schluss gekommen, dass es nur eine Wahrheit geben konnte, nicht viele verschiedene.   D a s   war sein Glaube.

Er war nun zu Hause angekommen, zog sich trockene Kleider an und legte gleichfalls die Zweige und Zapfen zum Trocknen aus. Dann machte er es sich mit einer großen Tasse Tee auf dem Sofa gemütlich und lebte in Gedanken schon ein paar Tage später.

Platzsuche

heimgeborgen

Eine „andere", heutige Herbergsuche

Lautlose, dicke Flocken bahnen sich ihren Weg auf die Erde, als sie die Straße entlanggeht. Sie streckt die Handflächen aus und lässt einige Schneeflocken darauf zergehen. Trotz hektischem Treiben um sie herum, geht sie ruhig ihren Weg, bleibt ab und zu stehen, um sich glitzernde Schaufenster anzusehen und lächelnd singenden, kitschigen Weihnachtsmännern zuzuhören. Vom Kaufrausch lässt sie sich nicht anstecken. Erstens, weil das Geld dazu sowieso nicht reichen würde, zweitens hat sie kein Verlangen nach irgendwelchem Luxus. Sie fühlt sich schon reich, seit sie in dieses Land gekommen war, seit sie nicht mehr bei jedem Schritt und Tritt Angst haben muss, verfolgt oder gar

Schlimmeres zu werden. Fühlt sich glücklich, all dies Schöne erleben und miterleben zu dürfen. Sogar Leute, die achtlos diskriminieren sowie gedankenlos Vorurteile hegen, ohne sich informiert und nach den Beweggründen gefragt zu haben, haben dieses Glücksgefühl nicht ganz unterdrücken können. Weil sie in ihrer ursprünglichen Heimat noch Furchtbareres erdulden hat müssen.

Wieder in ihrem Zimmer im Heim für Asylwerber angekommen, fällt ihr Blick gleich auf diesen Brief. Sie weiß sofort, was es ist, reißt den Brief ungeduldig auf. Bevor sie noch anfängt zu lesen, fängt ihr Herz an wie wild zu schlagen und sie braucht ihn eigentlich gar nicht mehr zu lesen, da sie sowieso schon spürt, was drin steht. Ihr Asylantrag ist neuerlich, nun endgültig, abgewiesen worden. Sie muss sich setzen, denn ihre Knie fühlen sich plötzlich so weich und zittrig an. Sie starrt vor sich hin und begreift es nicht. Hat sie doch all ihre Hoffnung darauf gesetzt, hier Schutz zu finden und mit der Zeit ein neues, ein ganz normales Leben anfangen zu können.

In ihrem Herkunftsland gehörte sie einer religiösen Minderheit an, war als Christin in einem von radikal-muslimischen Regime regierten Land, immer wieder Anfeindungen und Übergriffen ausgesetzt gewesen. Sie, eine Frau, hatte es gewagt, sich zur Wehr zu setzen, öffentlich Politik und Justiz zu kritisieren. Nach einer Teilnahme an friedlichen Kundgebungen von Studenten, war sie als „Feindin Gottes und des Islams" verhaftet und ins Gefängnis gebracht worden. Sie zitterte bei dem Gedanken an diese Zeit des Grauens, in der Vergewaltigung und Folter auf der Tagesordnung gestanden hatten. Auch nach ihrer Entlassung hatte sie weiter um ihr Leben bangen müssen. Als Druck und Panik zu groß und wegen ihr ebenso Familienangehörige und Freunde bedroht worden waren, war sie geflohen, um die Menschen, die ihr lieb waren, nicht noch mehr zu gefährden. Leicht war ihr das nicht gefallen, liebte sie doch, trotz allem, ihre Heimat. Über Umwege landete sie schließlich in Österreich, wo sie sich Ruhe, Sicherheit und vor allem Frieden erhoffte. Einfach nur als allen anderen gleichwertiger Mensch leben wollte. Im neuen Land fasste sie dann allmählich wieder Mut, fand einfühlsame Personen, die sich bemühten, zu helfen.

Und nun - ihre ganze Hoffnung, ihr Vertrauen, dass sie langsam und nur zögernd aufgebaut hatte - mit einem Schlag zunichte gemacht.

Der Weg zum Flugzeug erscheint ihr endlos lang, ihre Füße schwer. Von irgendwoher hört sie Glocken läuten. Fein, zart, dann intensiv, das nahende Fest ankündigend. Glocken - im Flugzeug drin werden sie vom startenden, anschwillenden Motorengeräusch übertönt. Erst jetzt sieht sie sich um, schaut in ausdruckslose, manchmal tränennasse Gesichter. Wie viel Schicksal, wie viel Leid sich wohl hinter jedem verbirgt? Ausgewiesene, Abgeschobene - und jeder einzelne davon hat seine eigene tragische Geschichte, von der niemand Genaueres wissen will. Aus dem Fenster sehend, erblickt sie noch einige Lichter, die immer schwächer werden, bis sie gar nicht mehr zu sehen sind und ihre ungewisse Zukunft immer mehr zur Gegenwart wird. Nur das Glockengeläute klingt ihr noch einige Zeit im Ohr nach – lieblich und friedlich.

Frohe Weihnachten …

Auf einer Parkbank

Plötzlich saß er neben ihr. Neben ihr auf der Bank im verschneiten Park, nur wenige Meter von der Hauptstraße des vorweihnachtlichen geschäftigen Treibens entfernt. Sie hob den Kopf und blickte ihn durch tränenverhangenem Schleier mit ihren großen, dunklen Augen an. Sie hatte weder Schritte, noch das Hinsetzen gehört – es war nur ein momentanes Gefühl gewesen, welches sie veranlasst hatte, ihm ihr Gesicht zuzuwenden. Er lächelte sie an.

„Kummer?", fragte er mit tiefer, voller, wohlklingender Stimme, die man der kleinen hageren Gestalt gar nicht zugetraut hätte.

Sie nickte.

„Möchten Sie reden?"

Sie nickte abermals. Sie wusste nicht warum,

denn normalerweise war sie Fremden gegenüber verschlossen und eher abweisend. Aber als sie dem alten Mann neben ihr in die Augen blickte, musste sie einfach nicken.

Sie begann nicht gleich, reichte ihm nur schweigend ein Blatt Papier – den negativen Asylbescheid, den sie vor zwei Tagen, nach fünf Jahren Aufenthalt, nach fünf Jahren der Integration und Hoffnung, nach fünf Jahren, in denen es ihr langsam, sehr langsam, zumindest teilweise gelang, die schrecklichen Erlebnisse in ihrer Heimat zu verarbeiten – erhalten hatte. Er las, gab ihr dann das Blatt zurück und blickte sie aufmunternd an.

Nur zögernd erst, begann sie zu sprechen – aber schließlich sprudelten die Worte nur so aus ihr heraus. Und sie erzählte, erzählte ihre Geschichte. Wie sie als Christin einer Minderheit angehörend in einem von muslimischem Regime regierten Land gelebt hatte. Erzählte – zitternd, als die Erinnerung wieder hochkam –, dass sie an einer friedlichen Kundgebung von Studenten teilgenommen hatte und dabei als „unreine Christin" verhaftet und inhaftiert worden war. Die Zeit im Gefängnis wollte sie nur noch vergessen, zu grausam war sie gewesen. Nicht nur einmal war sie vergewaltigt worden, nicht wenige Peitschenhiebe hatte sie erdulden müssen. Von verbalen Demütigungen ganz zu schweigen. Erst lange nach ihrer Entlassung war es ihr gelungen, über Umwegen außer Landes zu fliehen und nach Österreich zu gelangen, wo sie sich Ruhe, Sicherheit und vor allem Frieden erhoffte. Einfach nur als gleichwertiger Mensch und ohne Angst leben wollte.

Sie erzählte alles, was ihr am Herzen lag und

er hörte ruhig zu, ohne sie zu unterbrechen. Als sie fertig war, war bereits die Dämmerung hereingebrochen, überall gingen die Lichter an und der große Christbaum nahe ihrer Bank leuchtete wie als Gegensatz zu ihrer Geschichte, in hellem Glanz.

Er sah ihr lange in die Augen und sie hielt seinem Blick stand.

„Sterben ist kein Ausweg", sagte er dann und kehrte damit ihr Innerstes nach außen, sprach ihre Gedanken aus.

„Aber es befreit", entgegnete sie.

„Nein, es belastet. Belastet die Seele."

Sie schluchzte auf.

„Nichts ist ohne Sinn. Als Menschen können wir ihn nicht immer begreifen, nur dein höheres Ich weiß um ihn. Doch wir als spirituelle Wesen können das Leben mitgestalten, können wachsen und geistig reifen", sprach der alte Mann weiter, „Es ist egal, welcher Religion wir angehören, wie wir Gott nennen, an welchen Gott wir glauben und zu welchem Gott wir beten. Gott ist ist nicht mehrfach, er universell, ist Energie, ist in dir und wirkt durch dich. Du bist ein göttlicher Teil."

„Das ist alles?"

„Das ist alles. Und doch so groß und fantastisch, dass es für den menschlichen Geist nicht zu fassen ist."

„Und ich…?"

„Es wird sich alles zum Guten wenden. Ob in einer neuen oder in der alten Heimat. Du kannst alles bewirken."

Sie verbarg ihr Gesicht kurz in ihren Händen, um darüber nachzudenken und alles verstehen zu können. Als sie wieder aufblickte, war er nicht mehr da. Abermals hatte sie weder das

Aufstehen noch Schritte gehört. Sie kramte in ihrer Handtasche, wickelte die Rasierklinge fest in ein Papiertaschentuch und warf es in den Mülleimer. Dann verließ sie festen Schrittes den Park, ging an den jetzt bereits geschlossenen Geschäften vorüber. Aus der geöffneten Tür einer Kirche erklang eben das „Stille Nacht" der Kindermette. Sie ging hinein und schöpfte neue Hoffnung.

Friedenstaube

hoffnungsfindend

... und Weihnachten
wär' doch überall ...

Als die Nachricht im Radio kam, dass Leute gesucht wurden, die Flüchtlinge aufnehmen, entschlossen sich Hermann und Ulrike Neumer spontan, dies zu tun.

Sie waren beiden um die fünfzig Jahre, ihre drei Kinder lebten ihr eigenes Leben, und in ihrem Haus in dem kleinen Gebirgsdorf waren zwei Zimmer frei.

Alles ging dann ganz rasch, sogar ohne große Formalitäten. An einem Dienstagvormittag im Sommer 1992 zogen sie ein: Josef und Irina mit ihrem zehnjährigen Sohn, den sie Josche riefen. Und bereits am Dienstagnachmittag erlebte Frau Neumer, dass die sonst so freundliche Frau Hahn auch "bissig" sein konnte.

"Was, du nimmst dir Flüchtlinge ins Haus? Die soll'n doch bleib'n, wo sie herkommen."

"Aber dort ist Krieg, brutaler, sinnloser Krieg."

"Eben. Du weißt nicht, was für welche das sind. Brutale, wilde Leute, vielleicht Verbrecher ..."

"Du spinnst ja. Verschreckte, hilflose Leute sind das. Menschen, die Angst haben."

Ulrike Neumer wartete keine weitere Antwort mehr ab, sondern ging weiter. Sie konnte es einfach nicht glauben. Elfriede Hahn ging doch immer zur Kirche, hörte dem Pfarrer andächtig und zustimmend nickend zu, wenn er von Nächstenliebe predigte und betete voller Inbrunst: "Herr, mach mich zu einem Werkzeug deines Friedens …"

Und dann so was!

Ebenfalls viele andere Dorfbewohner drehten plötzlich den Kopf weg, wenn die Neumers mit ihrem Besuch durchs Dorf gingen. Nur wenige grüßten noch und noch weniger sprachen wohlwollende Worte. Josef, Irina und Josche spürten das natürlich.

"Es tut uns leid, dass wir euch so viel Sorgen machen", sagte Josef eines Abends, als sie beieinander saßen. Die Familie sprach gut deutsch. Josef war als Lektor tätig gewesen, Irina war gelernte Friseurin und hatte sich nebenbei schon immer für Sprachen interessiert. Josche hatte es in der Schule gelernt, als Freifach.

"Manche Menschen sind eben dumm", sprach Ulrike seufzend.

"Wir hatten Angst, deshalb sind wir geflohen", erzählte Irina.

"Wir wollten uns nicht abschießen lassen, so ... so ... wie sie's mit meinem Freund getan haben." Josche brach in Tränen aus.

"Es war schrecklich." Irina nahm ihren Sohn in den Arm.

"Die Menschen hassen sich gegenseitig und hier ... hassen sie uns." Josef zuckte hilflos die Schulter. "Wir sind euch so dankbar", fügte er noch hinzu und blickte Ulrike und Hermann an.

"Ich glaube", äußerte Hermann, "die Leute, die sich bei uns hier am meisten aufregen, würden als erste fliehen, wenn sie in so eine Situation kämen, in der ihr ward."

"Gott möge verhüten, dass noch mehr Schreckliches kommt, und er möge alle Kriege beenden." Ulrike schaute zum Herrgottswinkel und bekreuzigte sich.

Als der September kam, musste Josche zur Schule gehen. Er hatte Angst davor und das zu recht. Die Kinder schlossen ihn aus, riefen

"Jugo, Jugo" hinter ihm her und einmal warf einer, der sich besonders schlau vorkam, sogar einen Stein nach ihm. Zwei Tage getraute sich Josche danach überhaupt nicht zur Schule.

Hermann ging schließlich zum Direktor, dieser sprach mit den Lehrpersonen, und dann endlich wurde den Kindern ins Gewissen geredet. Und siehe da, nachdem sie genau über Josches Schicksal informiert waren, versetzten sich sogar manche in Gedanken in seine Lage und konnten ehrliches Mitleid empfinden. So grausam Kinder sein können – wenn sie etwas verstehen, sind sie mitfühlender als so manche Erwachsene. Am dritten Tag ging Josche wieder zum Unterricht und spürte erstaunt – wenn auch noch immer ein bisschen misstrauisch – ein erst zaghaftes Entgegenkommen, das jedoch mit den Wochen wuchs.

Allmählich gewöhnten sich die Dorfbewohner an die Flüchtlingsfamilie. Ab und zu wurde sogar Hilfe angeboten. Josef und Irina durften einige Aushilfsjobs verrichten.

So verging die Zeit, und die Heilige Nacht kam heran. Josche freute sich darauf. Ebenso waren Josef und Irina froh, Weihnachten so wohlumsorgt und ohne Angst vor dem Tod verbringen zu dürfen. Doch je näher der Abend kam, desto mehr trübe Gedanken stellten sich ein.

"Was ist mit all denen, die noch im Lande sind?" Josef legte den Arm um Irina und wusste darauf keine Antwort.

"Weihnachten wär' doch eigentlich überall ...", sagte darauf Josche und schaute zuerst seine Eltern und dann Hermann und Ulrike an. Die nickten und ihr Lächeln wirkte hilflos.

"Kommt, lasst uns die Kerzen anzünden, und

dann beten wir für alle, die heute traurig sind",
ergriff Ulrike das Wort.

Es wurde ein schöner Weihnachtsabend,
gemischt mit Lachen und Weinen.

"Ihr habt schon so viel für uns getan und jetzt
auch noch Geschenke …", meinte Josef, als
Ulrike und Hermann ihre Päckchen austeilten.

"Ihr habt mindestens genau so viel für uns
getan", entgegnete Ulrike, die fand, dass es
nun langsam zu rührselig wurde. Einmal
weinen war genug für heute. Also trieb sie alle
an, sich für die Weihnachtsmette
"ausgehfertig" zu machen, wie sie es nannte.

Die Kirche war fast voll, sie bekamen nur
noch Stehplätze. Aber was machte das schon.
Sie sahen frohe Gesichter, im Herzen regte
sich Freude und Trauer. Die Menschen waren
besser geworden, herzlicher, besonders heute.
Der Flüchtlingsfamilie wurde "frohe

Weihnachten" gewünscht und freundlich zugenickt. Gemeinsamkeit war spürbar und die Gleichheit der Menschen hier vor der Krippe, ein Fest wurde gefeiert. Nur die, die es immer noch nicht begriffen hatten, sangen am lautesten …

Landessuche

fremdverachtend

Heimatsuche 2015

Sie wusste nicht, wie lange sie schon gegangen war und wo genau sie sich überhaupt befand. Die Menschenschlange vor ihr war lang, die hinter ihr noch länger. Nur langsam ging es vorwärts. Es war kalt und der Tag wich immer mehr der Dunkelheit der Nacht. Wie weit die Grenze zu Österreich noch entfernt war, sie wusste es nicht. Wie lange sie schon nichts mehr gegessen und getrunken hatte, sie wusste es nicht. Sie spürte nur, dass sie nicht mehr lange konnte, dass Müdigkeit und Schwäche sie bald übermannen würden. Sie war nicht allein, trug neues Leben in ihr, das bald in die Welt drängen würde.

In die Welt. In welche Welt?

In einer besseren Welt wollte sie ihr Kind gebären. Das hatte sie sich geschworen, nachdem ihr Mann nach der Veröffentlichung eines regimekritischen, kriegsanprangernden Artikels, den er geschrieben hatte, erschossen worden war. Einfach so. Nur weil er öffentlich zu seiner Meinung stand, einer Meinung, die Tausende im Land mit ihm teilten, aber kaum jemand zu äußern wagte. Aus Angst. Da hatte sie sich geschworen, ihrem Kind zuliebe dieses, ihr Heimatland zu verlassen, ihre Familie zu verlassen, damit es ohne Angst aufwachsen konnte. Damit das Sterben ihres Mannes nicht umsonst gewesen war und das Andenken an ihn und die Freiheit, für die er sich eingesetzt hatte, gewahrt würde. Dafür vertraute sie sich Schlepper an, obwohl sie wusste, dass diese illegal handelten und die Schutz suchenden Menschen schamlos ausnützten. Dafür nahm sie das Geld an, das Verwandte und Freunde für sie zusammengelegt hatten, damit wenigstens eine von ihnen die Flucht bezahlen konnte. Dafür stieg sie in ein überladenes Boot, obwohl sie wusste, dass auf diesem Weg schon viele Menschen den Tod gefunden hatten. Dafür machte sie sich auf ins Ungewisse.

Endlich konnte sie die Grenze sehen. Die letzten Meter erschienen ihr noch schwerer. Dann drückte ihr jemand eine Flasche Wasser in die Hand. Sie trank hastig.

Sie war über der Grenze. Sie war in Österreich. Sie hörte Glocken läuten. Weihnachten, ja Weihnachten wurde hier gefeiert. Ein Fest der Liebe, wie sie einmal gehört hatte, ein Fest des Zusammenseins. Ein Fest zu Ehren der Geburt eines Kindes, das die Menschen hier als Gott verehrten. Sie spürte ihr Kind in ihr, spürte wie es sich bewegte.

Seine Geburt würde i h r   Fest sein. Es würde in Freiheit geboren werden. In Freiheit und Sicherheit. Kurz musste sie lächeln. Aber dann wurde sie wieder von der Wirklichkeit gepackt.

In Freiheit und Sicherheit ...

Und wenn sie nicht bleiben durfte? Sie wollte nicht daran denken. Nicht jetzt. Nicht bevor ihr Kind geboren war. Sie stieg in den Bus, zu dem sie geführt wurde, und setzte die Reise ins Ungewisse fort ...

Neuschöpfung

wesenswertschätzend

weihnachts-
kriminalistisch

Wagnisbereit, Nervenkitzel pur,
ein Augenblick des Mutes nur.
Lebensberührend, Veränderung satt,
die Zukunft blickt aussichtsmatt.

Das besondere Weihnachtsgeschenk

Lautlose Schneeflocken bahnten sich ihren Weg auf seine tief ins Gesicht gezogene Kapuze, während er auf der Bank saß und angespannt auf das rege Treiben vor dem gegenüberliegendem Juweliergeschäft starrte.

Nur noch einmal, ein letztes Mal. Nur noch diese Halskette für s i e. Jetzt zu Weihnachten ihr diese Freude machen … Nur noch das eine Mal, nur für s i e …

Für s i e, seine geliebte Partnerin, die nichts von seiner kriminellen Laufbahn ahnte. S i e hatte sich in den charmanten Handlungsreisenden verliebt, der redegewandt und witzig war. Von seinen wirklichen „Geschäften" wusste s i e nichts. Es waren auch keine ganz großen, nein, kleine

Diebstähle, manchmal Betrügereien, „Geldumschichtungen" wie er es nannte, und stets nur von Leuten, die genug hatten. Niemals würde er auf den Gedanken kommen, jemandem, der selbst kaum über die Runden kam, noch was wegzunehmen. Das war so was wie ein „Ehrenkodex" für ihn. Er nahm nur von den Reichen, aber nicht, weil er es ihnen etwa nicht gönnte, gleichfalls nicht, weil er mit seinem regulären Einkommen nicht auskommen würde, nein, weil es ihm eben im Blut lag – dieser Nervenkitzel, dieses ganz eigene Gefühl …

Er hatte s i e   kennengelernt, als er eben einen MP3–Player in seiner Hosentasche verschwinden ließ und eilends das Kaufhaus verließ. Zu eilends, denn er übersah, dass eine ebenfalls sich eilends bewegende junge Frau zur Eingangstür hereintrat und stieß mit   i h r zusammen. Mit I H R …

Nach den ersten dahingestammelten Entschuldigungen sahen sie sich an und gingen auf einen Kaffee, was schließlich in einem gemeinsamen Abendessen mündete. Und während sie sich unterhielten, miteinander lachten und sich auf Anhieb verstanden, während dieser ganzen Zeit brannte der MP3–Player in seiner Hosentasche, brannte, als bestünde er aus Feuer. So was hatte er noch nie erlebt, so was war eine ganz neue Erfahrung für ihn. In diesem Moment beschloss er, es zu lassen, diesmal – versucht hatte er es ja schon öfter – für immer, denn er wusste und fühlte sofort, s i e war die Richtige, so kitschig dies klang.

An diesem Heiligen Abend nun, wollte er i h r D I E Frage stellen. Die Ringe dafür hatte er schon gekauft – natürlich gekauft, er war ja ehrlich geworden und wollte sein zukünftiges Leben mit i h r nicht mit einer kriminellen Handlung beginnen. Aber die Halskette, die i h r beim Vorbeigehen einmal aufgefallen war und so gut gefallen hatte, die sollte sein letztes „Gaunerstück" sein, mit etwas Besonderem wollte er seine kleinkriminelle Laufbahn endgültig beschließen. Denn etwas Besonderes war es, in ein richtiges Juweliergeschäft einzubrechen und nicht nur in einem Kaufhaus, wo sich die Menschen wie Ameisen tummelten, etwas mitgehen zu lassen. Aber das letzte Mal musste es einfach etwas Besonderes sein – für s i e – und gleichzeitig für ihn selbst ein letzter Nervenkitzel als ganz besonderes Weihnachtsgeschenk.

Er hob den Kopf, streckte ein wenig seinen

Nacken und atmete tief die würzige Winterluft ein. Es kam ihm vor, als wehe ein Hauch von Bratapfelduft von der belebten Geschäftsstraße herüber und in seiner Fantasie roch er außerdem den Weihnachtsbraten und die von i h r selbstgebackenen Vanillekipferln.

Er wartete, bis der letzte Kunde das Geschäft verließ, abgeschlossen wurde und alle gegangen waren. Dann stand er auf, ging über die Straße, um das Geschäft herum, bis zum Hintereingang. Sah sich kurz um und ging dann ins Haus daneben. Dieses war leer und stand zum Abbruch bereit. Hier hatte früher mal ein Freund von ihm gelebt und daher wusste er, dass vom Keller aus eine Verbindung zum Nebengebäude, in dem seit einigen Jahren eben jenes Juweliergeschäft untergebracht war, bestand. Diese Verbindung war einst natürlich zugemauert worden, aber dadurch, dass dieses Gebäude nun bereits ziemlich desolat war, hatte er einen Schlupfweg gefunden, den er in den letzten Tagen beharrlich „bearbeitet" und so erweitert hatte, dass er nun ohne weiteres durchkriechen konnte. Und das tat er nun, davor zog er jedoch noch seine dicke Jacke aus, damit er mehr Bewegungsfreiheit hatte. Ein paar Minuten später stand er im Kellerraum des Juweliers, brach die Tür auf, was für ihn keine Schwierigkeit war, ging hinauf in die Nebenräumlichkeiten, fand den Schaltkasten, schaltete die Alarmanlage aus und bearbeitete vorsichtig die Tür zum Geschäftsraum. Alles keine Schwierigkeit für einen „Profi" wie ihn. Im Geschäftsraum bewegte er sich geduckt hinter den Ladentheken weiter, denn die Weihnachtsdekoration leuchtete hell und von außen konnte durch die großen

Auslagenscheiben gut eingesehen werden. Wo die ersehnte Halskette lag, wusste er genau. Rasch ergriff er sie und zögerte kurz. Zu viele tolle Sachen lagen hier herum, aber er widerstand der Versuchung, begab sich auf dem gleichen Weg zurück, den er gekommen war und sah sich in Gedanken bereits das zu Hause noch schön verpackte Geschenk seiner Angebeteten heute Abend nach dem Essen übergeben.

Was er nicht bemerkt hatte, war das Polizeiauto, das vorm Juweliergeschäft angehalten hatte, weil einer der beiden Polizisten sich noch schnell über den Preis eines ausgestellten Armbands vergewissern wollte. Und als sich dessen Blick vom Armband abwandte, fiel dieser auf einen sich bewegenden Haarschopf hinter der

Ladentheke. Der Polizist gab seinem Kollegen Bescheid, die Vorderfront im Auge zu behalten, während der Polizeibeamte selbst sich vorsichtig hinter das Gebäude begab.

Und so kam es, dass - als er seine Jacke wieder angezogen hatte, aus dem Abbruchgebäude trat, die frische, kalte Luft tief einsog und sich über die langsam lautlos fallenden dicken Schneeflocken freute, während ihn, in Aussicht auf den Abend, ein tiefes Glücksgefühl erfasste -, plötzlich wie von fern her die Worte „nehmen Sie langsam die Hände aus den Taschen und halten Sie sie hoch", an seine Ohren drangen ...

Wahnsinnssucht

liebesdümmlich

Des Pfarrers neue Glocke

– Heute muss die Glocke werden!
Frisch, Gesellen, seid zur Hand! –

Ja heute, dachte Pfarrer Wechsler, als ihm diese Worte aus Schillers „Das Lied von der Glocke" im Kopf herumschwirrten und resigniert seufzte er.

Ja heute … und morgen zur Mitternachtsmette sollte die Glocke das erste Mal läuten. Genau dann, wenn die letzten Töne von „Stille Nacht" verklungen waren, und die Glocken anfingen, die Geburt Jesu' zu verkündigen, genau dann sollte die neue Glocke das erste Mal erschallen. So hatte der Pfarrer sich das gedacht.

– Dass vom reinlichen Metalle
Rein und voll die Stumme schalle .–

Immer wieder verirrten sich Verse des Gedichts in des Pfarrers Kopf, war er doch in den letzten Tagen von seinem Mesner regelrecht damit bombardiert worden.

Die Glocke, die morgen läuten sollte, war gestern geliefert worden und stand nun in einer Holzkiste im Pfarrgarten hinter der Kirche. Der Kran, um die Glocke in den Glockenstuhl befördern zu können, stand ebenfalls bereit. Nur – „Gesellen" waren keine zur Hand. Denn Heiligabend fiel dieses Jahr auf einen Sonntag. Und die Arbeiter waren erst wieder nach den Feiertagen bereit, die Glocke in den Glockenstuhl zu befördern. Vereinbart war ja Lieferung inkl. Montage am Freitagnachmittag gewesen, doch hatte sich die Lieferung auf den Abend verzögert und das sogar nur ‚gerade noch'.

„In der Heiligen Nacht soll sie läuten", murmelte Pfarrer Wechsler vor sich hin, ganz in Gedanken versunken, als ihm plötzlich jemand auf die Schulter tippte. Friedl, der alte Mesner, der, bedingt durch sein Rückenleiden in gebückter Haltung hinter dem Pfarrer stand, hatte die Angewohnheit, stets lautlos herumzuschleichen. Sein genaues Alter wusste niemand, aber manchem erschien er schon seit über zwanzig Jahren als uralt. Er war überhaupt ein etwas verschrobener Kerl, ohne Familie, Verwandte und gute Freunde, den der Pfarrer nur aus Mitleid bei sich aufgenommen hatte. Seitdem bewohnte er ein kleines Zimmer im Widum und war dem Pfarrer treu ergeben.

„Kenn' da ein paar Ausländer", brummte er.

„Ja … und … was ist mit denen?", antwortete der Pfarrer, der gedanklich noch immer mit der

Glocke beschäftigt, nicht gleich begriff.

„Wären froh um ein paar Euro …"

„Ach! Du meinst …?"

Der alte Friedl nickte.

„Ich weiß nicht", meinte der Pfarrer nach kurzer Überlegung. „Da braucht 's doch Fachleute."

„Können oft mehr, als wir ihnen zutrauen. Außerdem, die sind froh …"

„… um jeden Euro, ich weiß", fiel ihm der Pfarrer ins Wort.

„Wenn die hellen Kirchenglocken

Laden zu des Festes Glanz", flüsterte der Mesner nahe am Ohr des Pfarrers.

Pfarrer Wechsler überlegte, dann nickte er. Zufrieden schlurfte der Mesner davon. Den Pfarrer beschlich ein ungutes Gefühl, das er sich nicht erklären konnte. Es dauerte jedoch nur kurz an, weswegen ihm der Pfarrer keine weitere Beachtung schenkte.

Als der Mesner zurückkam, hatte er fünf Männer dabei. Zwei davon kannte der Pfarrer, sie kamen ab und zu zur heiligen Messe und er hatte sich schon mit ihnen unterhalten. Es waren Vater und Sohn. Der 53–jährige Milos und der 25–jährige Mile. Sie waren im Balkan–Krieg aus dem Slowenien geflüchtet, waren orthodoxe Christen, was sich vom grundlegenden Glauben her nicht viel vom Katholischen unterschied. Deswegen auch die Messebesuche. Die anderen drei kannte der Pfarrer nur flüchtig. Ein, etwa vierzigjähriger, Mann, Enis, kam aus dem Kosovo und hatte sich, seit er hier war, ein wenig mit Milos und Mile angefreundet. Die beiden anderen kamen aus der Türkei und hießen Enol und Achmed, die sich ebenfalls hier kennengelernt hatten.

179

Mile setzte sich auf den Kran. Die anderen befestigen die 200 kg schwere Glocke, danach begaben sie sich in den Glockenstuhl. Die alte schmale Holztreppe ächzte und knarrte, als sie hintereinander nach oben gingen. Milos, der bereits früher so eine Arbeit verrichtet hatte, übernahm das Kommando.

Mile hob mittlerweile die Glocke vorsichtig an und hievte sie langsam in die Höhe. Trotz dem sie festgemacht war und Mile nur in wie Zeitlupe den Hebel betätigte, schwankte die Glocke leicht. Der Pfarrer und der Mesner sahen zu.

„Ziehet, ziehet, hebt!

Sie bewegt sich, schwebt", murmelte Friedl und starrte wie gebannt der langsam in die Höhe schwebenden Glocke nach.

- Hoch auf des Turmes Glockenstube,

180

Da wird es zeugen laut -

"Laut zeugen", ging es dem Pfarrer durch den Sinn. Und als wäre der Mesner telepathisch begabt, wisperte er weiter dem Pfarrer ins Ohr:

"Noch dauern wird's in späten Tagen
Und rühren vieler Menschen Ohr."

Pfarrer Wechsler warf ihm einen nachdenklichen Blick zu, doch mit einem Mal durchflutete ihn ein stolzes Gefühl und er fühlte sich freudig erregt. Sogar eine kleine Spur Genugtuung wollte sich einnisten und seine Lippen formten sich zu einem Lächeln.

Langsam und sorgsam wurde die Glocke hoch gehievt. Die Männer oben warteten bereits in dem zugigen, engen Glockenstuhl. Auf einem Brett, das halb hinausragte und halb auf dem Gerüst für die Glocke auflag, versuchte Mile, die Glocke aufzusetzen. Sobald es so weit war, lösten die Männer die Glocke aus der Halterung, mit der sie am Kran befestigt worden war. Dann zogen sie das Brett ganz in den Glockenstuhl hinein, ganz vorsichtig, Stück für Stück, bis sie genau unter der Halterung stand, auf der sie festgemacht werden sollte. Als sie alles fixiert hatten, schoben sie langsam das Brett unter der Glocke hervor. Diese Arbeit war noch nicht ganz getan, als es plötzlich einen Ruck tat, die Glocke auf die Seite schlenkerte und Enis mit solcher Wucht traf, dass er auf dem schmalen Balken stolperte, gegen die Wand gedrückt wurde, und – als die Glocke wieder zurückschwenkte – reglos zu Boden sank. Die Männer hörten noch einen unterdrückten Schrei, dann bereitete sich Stille aus. Nach der Schrecksekunde war Milos der erste, in den wieder Bewegung geriet.

„Schnell, schnell", rief er und versuchte Enis hochzuheben, was in dem engen Glockenstuhl nicht einfach war, doch die anderen drei erwachten nun ebenfalls aus ihrer Starre und kamen ihm zu Hilfe.

Dem Pfarrer, der bis jetzt den Zurufen der Männer gelauscht hatte, kam die plötzliche Stille, obgleich sie nicht lange währte, eigenartig vor. Und da war gleichfalls wieder dieses ungute Gefühl, das ihn nun abermals beschlich. Sein Herz begann verstärkt zu klopfen. Er wusste nicht warum, wusste nur, dass irgendetwas sein musste, dass mit einem Mal etwas anders war.

Als dann Milos aus der Sakristei stürzte und aufgeregt zu sprechen begann, sodass seine Stimme sich überschlug, da brauchte der Pfarrer die genauen Worte gar nicht mehr hören, um die bittere Tatsache zu erfassen.

„Wir müssen ihn runterholen", rief er dem Mesner zu und begab sich sogleich auf den Weg nach oben. Er hatte jedoch kaum ein paar Stufen erklommen, als ihm die Männer bereits entgegenkamen. In der Sakristei breitete der Mesner einstweilen eine Decke auf, darauf legten sie Enis. Der Pfarrer begann mit „Mund zu Mund Beatmung", dazwischen rief er dem Mesner zu:

„Wir brauchen die Rettung. Schnell, ruf an!"

Friedl blieb jedoch stumm stehen und starrte abwechselnd Enis und den Pfarrer an.

„Was ist? Worauf wartest du?!"

„Ihm kann keiner mehr helfen."

Friedl war es schließlich, der die Männer wieder in den Glockenstuhl schickte, um den Striemen, der sich gelockert und somit den Unfall ausgelöst hatte, zu befestigen.

„Dann …", begann der Pfarrer.

„Sie soll doch läuten oder?", fiel ihm der Mesner ins Wort.

„Ja, aber …"

„Ohne Scherereien, Probleme und Gerede - am Heiligen Abend."

„Sicher, aber …"

„War illegal da, allein", flüsterte der Mesner.

Pfarrer Wechsler blickte auf.

„Niemand wird ihn vermissen …"

„Trotzdem, seine Familie zu Hause …?"

„Hat niemanden mehr."

„Ich weiß nicht …"

„Wenn die hellen Kirchenglocken

Laden zu des Festes Glanz", wisperte der Mesner nun und: „Die Leute wollen jetzt keinen unbekannten Toten. Überall festliche Stimmung …"

Und als würde die Natur seine Worte bestätigen, fing es draußen auf einmal an zu schneien, was es dieses Jahr erst wenig hatte, und schmückte den Winterabend idyllisch.

„Wem hilft oder schadet es, wenn sein Tod erst später … oder gar nicht bemerkt wird?"

„Die Dorfbewohner, viele haben ihn gesehen, ihn vielleicht sogar besser gekannt …"

„Ist nun eben wieder weg – war nirgends gemeldet."

„Werden d i e schweigen?", fragte der Pfarrer und deutete in Richtung der Männer.

„Ja."

„Aber … er muss doch begraben werden."

„Mach' ich", sagte der Mesner.

Der Pfarrer stand so im Banne des Geschehens, das er bis heute nicht recht begriff.

– Ach, vielleicht , indem wir hoffen,

Hat uns Unheil schon getroffen. –

Er fragte nie nach, wo der Mesner Enis begraben hatte. Manchmal brannte ihn diese Frage zwar auf der Zunge, doch er sprach sie nie aus. Er hatte das Gefühl, wenn er frage, würde er sich nur wieder Gedanken machen und er wollte sich keine unnötigen unangenehmen Gedanken machen müssen und neue Probleme aufhalsen. Das Leben war so schon hart genug.

Am nächsten Abend jedoch, um Mitternacht, als der letzte Ton von „Stille Nacht" verklungen war und die Glocken die Geburt des Jesuskindes ankündigten, da erfüllte der Schall der neuen Glocke die Kirche.

– Denn mit der Freude Feierklänge
Begrüßt sie das geliebte Kind. -

Da stand der Pfarrer ganz still und lauschte andächtig und seine Augen strahlen heller als der Kerzenschein.

– Von dem Dome,
Schwer und bang,
Tönt die Glocke
Grabgesang. –

Klangglocke

egoschwach

silvester-
freudig

Sterne funkeln,

Glocken klingen,

Lichter strahlen,

Menschen singen.

Sehnen und hoffen,

Liebe und Leben,

Zukunftsfreud'.

Es begann in der Silvesternacht

Verflixt! Fast 22 Uhr ...

Monika schlüpfte rasch in ihre Schuhe, die sie sich extra zu der schwarzen Jeans gekauft hatte, zog die dicke Jacke über den schwarz und silbern glitzernden Pullover, schnappte ihre Handtasche und verließ die Wohnung.

Was für ein Tag! Heute war wirklich alles schief gelaufen. Am Morgen hatte sie verschlafen, aus der Dusche kam nur kaltes Wasser, dann stieg sie vor lauter Eile in die falsche U-Bahn ein – was ihr in den zwölf Jahren, die sie in Wien lebte, noch nie passiert war. Natürlich war sie nicht pünktlich im Büro erschienen und natürlich war der Chef heute ausnahmsweise pünktlich gewesen und so hatte sie seine Version von Pünktlichkeit über sich ergehen lassen müssen. Ähnliche Missgeschicke waren gleichfalls noch am Nachmittag passiert – sie wollte sich lieber nicht mehr daran erinnern.

Die Silvesterparty fand nur zwei Straßen von Monikas Wohnung entfernt, in ihrem Stammlokal statt. Sie hastete die fünf Stufen zum Eingang hinauf und knallte, als sie schon die Hand zum Türknauf ausstrecken wolle, mit einem Mann zusammen, der eben die Stufen hinunterzuhasten im Begriff war.

„Au", kam es aus beider Munde. Monika kniete auf einem Bein und hielt sich ihren Fuß. Sie hatte sich an der Kante einer Stufe gestoßen. Langsam nahm sie die Hand wieder weg.

„Tut mir leid", sagte der Mann.

Ein Loch! Auch das noch! Nur ein Stückchen Strumpfhose, natürlich ebenfalls in schwarz, war zwischen Hosenende und Schuhe zu sehen und ausgerechnet hier war nun ein kleines Loch, von dem eine kurze Laufmasche wegging.

„Sch...", rief sie aus.

„Manfred", sagte der Mann.

Monika blickte verdutzt auf und registrierte erst jetzt, dass die Ursache ihres Übels noch da stand und starrte ihn an. Sonst nicht auf den Mund gefallen, wusste sie in diesem Moment nicht, was sie sagen sollte. Sie stand auf.

So ein Blödmann, dachte sie in ihrer Wut und ließ ihn einfach stehen.

Der Saal war bereits voll und die Stimmung ausgelassen. Sie sah sich um – mit dem Gefühl, dass jeder auf ihr Loch in der Strumpfhose starrte – bis sie die winkende Arbeitskollegin entdeckte.

„Na endlich", empfing diese sie, als Monika

sich bis zum Tisch durchgerungen hatte.

„Fragt nicht", entgegnete sie, um gleich weiteren dummen Bemerkungen ihrer Kollegen vorzubeugen.

„Stoßen wir an", sagte einer der Kollegen und erzählte ein paar anzügliche Witze, was die Situation wieder entspannte und auch Monika zum Lachen brachte.

„Du, der starrt dich schon die ganze Zeit an", bemerkte später plötzlich eine Kollegin.

„Wer?", fragte Moni.

„Na, der Typ da drüben an der Bar.

Monika drehte sich langsam um, blickte kurz Richtung Bar, konnte jedoch keinen Typen erkennen, der sie anstarrte.

„Das bildest du dir bloß ein."

„Glaub ich nicht", antwortete die Kollegin und grinste.

„Tanzen wir?", hörte Monika da schon neben

sich sagen.

Tanzen? Ich und tanzen? Nun gut, er kann ja nicht wissen, dass ich nie tanze.

„Ja gern", antwortete sie, erhob sich und folgte ihm zur Tanzfläche.

Was tue ich da? Ob es seine Augen waren, die so strahlten oder sein charmantes Lächeln? Blödsinn! Charmant, so ein altmodisches Wort ... was ist nur los mit mir?

Auf einmal wurde sie sich wieder des Lochs in der Strumpfhose bewusst und hoffte, dass sie ihm nicht auf die Füße stieg, damit er keinen Grund hatte, runterzuschauen.

Acht Lieder hindurch tanzten sie. Er sprach über dies und das, sie hörte ihm – ganz entgegen ihrer Art - einfach nur zu und war fasziniert. So fasziniert, dass sie nicht mehr ununterbrochen ihr Loch in der Strumpfhose wahrnahm. Warum sie so von ihm fasziniert war, wusste sie nicht. Sie wusste ebenfalls nicht, warum sie keine Schwierigkeiten beim Tanzen hatte, obwohl, seit sie das erste und letzte Mal getanzt hatte, fünfzehn Jahre vergangen waren.

Und als sie so tanzten, kam ihr mit einem Mal der vergangene Sommerurlaub in den Sinn. Bei ihrer Schwester in Tirol war sie gewesen und diese hatte ihr von einer Hellseherin erzählt. Monika glaubte zwar nicht fest an so etwas, aber sie war dem Mystischen trotzdem nicht gänzlich abgeneigt. So hatte die Neugier gesiegt und die Schwester sie zu der Hellseherin, die nahe Innsbruck wohnte, fahren müssen.

Was hatte diese ihr gesagt? Den Mann fürs Leben würde sie zu Silvester kennenlernen ...

Monika musste lächeln bei der Erinnerung. Nicht schlecht, hatte sie damals gedacht, mit über dreißig würde es schon bald Zeit, den Mann des Lebens kennenzulernen. Aber später, zurückgekehrt in den Alltag, hatte sie diese Voraussage wieder vergessen, bis ... ja, bis jetzt beim Tanzen.

Ob vielleicht ... Roland heißt er ... ob Roland ... er muss es sein ... wieso wäre ich sonst so fasziniert von ihm?

Ihre Augen bekamen einen eigenartigen Glanz und sie fühlte sich leicht und glücklich. Erst dann an der Bar, zu der sie ihm widerspruchslos gefolgt war, merkte sie, wie erschöpft sie war. Aber die Pause und der Drink taten ihr gut und danach fühlte sie sich wieder fit und sie tanzten weiter.

Als es zwölf Uhr schlug und die Stimmung und der Jubel rundherum ihren Höhepunkt erreichten, küsste Roland sie lange und intensiv. Dann gingen sie ins Freie, wie die meisten anderen ebenfalls, um das Feuerwerk zu sehen. Danach lud er sie zum Essen ein. Essen, trinken, tanzen, der Abend ging wundervoll weiter, bis er um etwa zwei Uhr früh meinte, er müsse jetzt leider gehen. Der Abschiedskuss war nochmals lang und intensiv und als er dann nur kurz: „Wir sehen uns", sagte, dachte sie sich nichts Schlechtes dabei. Sie sah ihm noch lächelnd nach, nun erst erinnerte sie sich wieder an ihre Kollegen. Auch das Loch in der Strumpfhose war mit einem Mal wiederum spürbar. Mitttlerweile waren noch zwei Bekannte dazugekommen und die Runde amüsierte sich prächtig.

„Ah, sie kennt uns noch ..." Den und ähnliche Sprüche musste sich Monika anhören, aber da stand sie drüber. Erst als einer der Hinzugekommenen: „Den kenn ich, den Roland. Seine Frau kommt morgen oder besser gesagt heute aus dem Krankenhaus ... zweites Baby ...", sagte, wurde sie unsanft auf den Boden der Tatsachen zurückbefördert. Sie konnte es nicht fassen.

So was muss mir passieren. Mir! Das gibt's doch nicht ... Scheißkerl ...

„Nie wieder geh ich zu einer Hellseherin", rief sie laut aus.

„Was?!", fragte eine Kollegin verdutzt. Auch die anderen am Tisch sahen sie überrascht an.

„Ach nichts. Nichts! Ich geh jetzt", antwortete Monika und tat es. Sie konnte die lustige Stimmung um sich herum nicht mehr ertragen. Sie verließ das Lokal, frustriert, zornig, hastete die Stufen hinunter und – stieß mit einem Mann zusammen, der eben im Begriff war, die Stufen hinaufzuhasten. Er fing sie auf. Sie blickte zu ihm auf.

Schon wieder der ... das gibt's doch wohl

nicht! Der hat mir gerade noch gefehlt zu meinem Glück. Verdammt ...

Monika warf ihm einen bösen Blick zu, riss sich los und lief, ohne ein Wort zu sagen, davon.

Kurz vor zwölf Uhr Mittag klingelte es. E r stand draußen, der Zusammenstoß-Mann. Mit einem riesigen Blumenstrauß.

Was will dieser Blödmann!? Woher weiß er überhaupt, wo ich wohne ...?

„Ich will mich entschuldigen", sagte er und drückte ihr den Riesenstrauß in die Hand.

„Ich weiß", sprach Manfred weiter, „ich bin ein Tollpatsch und habe nicht aufgepasst, aber ich war so in Gedanken gestern Nacht. Meine Mutter ... sie ist krank und gestern war so ein Tag ... es hieß, wenn sie diesen Tag übersteht, dann ... dann geht es wieder bergauf und nun ... ich glaub, sie hat das Schlimmste überstanden. Es tut mir leid, dass wir zweimal zusammengestoßen sind ... also, eigentlich ja nicht ... also, darf ich Sie zum Essen einladen ... kleine Wiedergutmachung ...?"

Monika war sprachlos ob dieses Redeflusses. Sie nickte, bat ihn herein und dann nahm das Schicksal langsam seinen Lauf ...

Vielleicht gab es doch mehr Dinge zwischen Himmel und Erde, als sich erahnen lassen ...

Schicksalsfantasie

zukunftshungrig